मुझमें
जो एक औरत है

आकांक्षा प्रिया

PG PUBLICATION

दिल्ली-110089, (भारत)

संस्करण : 2019
ISBN : 978-81-943471-8-7

प्रखर गूँज पब्लिकेशन
एच-3/2, सेक्टर-18, रोहिणी, दिल्ली-110089
दूरभाष : **7982710571, 7838505899, 011-27851059**

प्रथम संस्करण : 2019

आवरण : अचिन्त्य

मुझमें जो एक औरत है

***By* Akansha Priya**

Published by
PRAKHAR GOONJ PUBLICATION
Delhi-110089
E-mail : prakhargoonj@gmail.com
sinha.neelu123@gmail.com
7982710571, 7838505899, 011-27851059

क्रम तालिका

क्रम	विषय	पृष्ठ संख्या

क्रम	विषय	पृष्ठ संख्या

खण्ड-3

किसी बहाने प्यार (उर्फ़ः प्रेम और रूमानियत की भावभिव्यक्तियाँ)

क्रम	विषय	पृष्ठ संख्या

खण्ड-4

माँ (जो कभी नहीं मरती)

क्रम	विषय	पृष्ठ संख्या

खण्ड–5

अपने चारों ओर

(उर्फ़: सामायिक घटनाओं की अभिप्रेरणा से प्रस्फुटित कवितायें)

खण्ड-6

प्रकृति और परिवेश

(उर्फ़ः रात-चाँद-फूलों की बातें)

खण्ड-1

दर्द के साए में
(उर्फ़ः औरत होने की पीड़ा की अभिव्यक्तियाँ)

सजती है औरत

सजती-सँवरती है-
औरत!
मगर कुछ का संवरना
जल्द ही बदल जाता है-
झुर्रियों में!

जवाँ होती है जब,
हरा देती है समय को।
नहीं चला पाता जीजिविषा के चेहरे पर
काल अपना हल।

तब दिल पर कब्ज़ा जमाता है...
जीने की हर उमंग में घोल देता है वह
उपेक्षा का विष।

और फिर उम्र से कम होकर भी
चिंताओं में घुलती जाती है जीवेषणा...
झुर्रियां ही तब बयाँ करती हैं सच।
सुख-दुख का अंदाजा
लगता है चेहरे की सिलवटों से...
हमउम्र होती है पत्नी फिर भी
जाने कितनी बूढ़ी दिखने लगती है
पति की अपेक्षा।

...

खुद के दुःख-दर्द को छुपाकर...
मायके ससुराल के संघर्ष से लेकर
बच्चों के लालन-पालन से शुरू हो,
शादी-ब्याह की जिम्मेदारी...
फिर बँटवारे की कहानी-
सब बयाँ कर जाती हैं झुर्रियां।...

कुछ जिंदगियों को शब्द नहीं
झुर्रियां ही कर सकती हैं बयाँ।।
बस
सिखनी होती है झुर्रियों की भाषा..
सब पढ़ भी तो नहीं सकते।।

तजुर्बों की पोटली होती हैं ये-
चेहरे की आड़ी तिरछी रेखाएं....
जो खिलता चेहरा ही कई बार
जीते-जी मरने लगता है...
जब बेवक्त ही सुंदर रूप
झुर्रियों से भरने लगता है।

जिन औरतों को
आजादी नहीं होती
अपनी दास्तान बयां कर सकने की,
उम्र के अंतिम पड़ाव पर उनकी कहानी
बयाँ करती हैं झुर्रियां...

राह तकती स्त्री

वो स्त्री
जो महीनों तकती है राह
पति के परदेस से लौटने की;
काम का बहाने
इंतज़ार में पति के,
भीतर-ही-भीतर सज लेती है...

रसोई के बर्तन में ही पति के आँखों से
खुद को निहार शर्म-सी लाल पड़ जाती है...

फिर वापस एक नई उर्जा के साथ।
घर के लोगों की,
घर-आँगन की, गाय-गोरू की
देखभाल करने में
सबको खुश करने में,
लग जाती है..।
कि कोई शिकायत ना मिले पति को
उनके इन अपनों से।

और खुश हो वो भी पूरा प्रेम लूटा जाए
जिसपर हक़ होता हो सिर्फ़ एक स्री का
जो वास्तव में अर्धांगिनी होती है...

बाऊजी की दवाई,
भाई की पढ़ाई, और

खेतों की बुआई -
इन सबका इंतज़ाम करने,
दो दिन के लिए आता है पति।
बिना नज़रें मिले भी हर्षित हो उठती भीतर-ही भीतर वो स्त्री...

हुलस-हुलस कर निबटाती है
समय से पहले ही-
सारे काम!
फिर भी देर रात तक उलझी रहती है
सास के निर्देशों पर...

पति
जो होता है माँ का लाडला।
और पेट-भरे की डकार,
आती है उसे।
सो माँ से कह
आँगन में ही चारपाई बिछवा
बाऊजी संग वहीं सो जाता है...।

फिर इंतज़ार के बाद स्त्री
दरवाजे पर हल्की सिटकनी चढ़ा,
अपने इंतज़ार पर खुद को कोसती हुई,
धम्म से थकी-देह बिस्तर पर
निढाल तो हो जाती,
लेकिन न जाने कितने सवाल आँखों में तैरते ही रह जाते हैं...

फिर कब तीसरे पहर आता है पति
भेड़िये की भाँति

शुरू कर देता है नोचना उसे।
खुद के पास पाकर भी पति
बँटवारे का हिस्सा-सा महसूस करते ही,
हड़बड़ाहट में अपनी हाथ छुड़ा
साड़ी संभालती हुई
लंबी-लंबी सांसो को अंदर-बाहर करती।
फिर भी सौतन की बू नहीं मिटती...
जिसकी खूशबू में पति
अबतक मदहोश रहा है परदेस में ...

न जाने क्यूँ इस मिलन से कहीं ज्यादा सुखद वो लंबा इंतज़ार था।
जिसमें पति खुद को बाँट न आया था।
उस आधे मिलन में भी अधुरा नहीं था वो...।

माँ, बेटी और 'मायका'

औरतों का बूढ़ापा
उम्र पर उतना ज्यादा
निर्भर नहीं करता
जितना माँ के होने
या न होने पर।

कुछ बेटियाँ बचपन में ही
बूढ़ी हो जाती हैं,
माँ के बिन।
और कुछ चौथे पड़ाव तक भी
बचपन ही जीती हैं
क्योंकि माँ का सानिध्य है...

लोग कहते हैं अक्सर
बेटियों को-
माँ के लिए ये
क्यूँ सोचेगी भला?
इसका अपना अलग जीवन
अलग संसार जो है!...

और जब बचपन में ही
छूट जाए मां का साथ
तो लोग कहेंगे
इसे क्या दुःख?

इसे तो दूसरी मां मिल जाएगी,
उसके ससुराल में।

इनका तो अलग परिवार
अलग ही ठिकाना है...
इनके आँसू तो आँखो को
भिगोने का बस बहाना है...

शायद ही समझ पाए कोई
बेटियों के दिल का दर्द...
बचपन से जवानी तक
भले ही कुछ भी लेने की
ललक नहीं रखती हो,
लेकिन एक उम्मीद
होती है माँ जीवन भर
अपनी बेटियों के लिए...

भले ही माँ को बूढ़ापे में ही
देखने आती हों बेटियाँ
चारपाई पर लेटी माँ से लिपट,
माँ के बेजान हाथ अपने
हाथों में रख
भीतर ही भीतर रो कर
हल्का कर लेती है जी...

सारे दर्द अपनी बेजान-सी माँ के
स्पर्श मात्र से भी भूला देती हैं...
फिर हँसती हुई फूलों-सी खिली

रहती है सबके लिए ही...
लेकिन सभी बेटियों का
नहीं होता ऐसा नसीब।
और माँ की तस्वीर को ही
आजीवन निहारते
रह जाती हैं मायका समझ...

माँ के बाद मां का घर
मायका नहीं रह जाता
बेटियों के लिए।
बेटियाँ इधर-उधर नहीं तलाशती
वो स्नेह भरी जगह,
वो ममतामयी आँचल
बस माँ की तस्वीर को ही
बना लेती है अपना पूरा मायका...

तपती है औरत

कुछ औरतों के
जीवन में
महीने का
प्रेम भरा सावन
कभी नहीं आता
बेबसी के बादल
तो लग जाते हैं
दहाड़ कर रो लेती
मन में ही
बादल के गरजने-सा
अकेलेपन में ही
अपने मन को
हल्का करने की सोच
सावन की बूँदों-सी ही
कभी हल्की तो
कभी मुसलाधार
बरस जाती
वो सूंदर-सी
बड़ी-बड़ी आँखें
जिसने प्रेम से ज्यादा
विरह के आँसू बहाए हैं।
बैठ जाती वो
सूनी-सी
अंधेरी रातों में भी
जमीन पर ही

और गरदन झुकाए
बरसने देती
उन आँखो को
कि कोई देख न पाए
एक औरत के आँसू
धरती माँ ही
सोख ले अपनी मिट्टी में
रोक ले तुफानी बाढ़
आने से घर में
कुछ औरतें एक
महीना ही क्या
ऐसे बिताती हैं
सालों भर ही
सावन के महीने!

दर्द के साए में

दर्द के साये में जिंदगी कटती है
औरत ही है जो हरवक्त जीती-मरती है
जिंदगी शुरू होते सबके ताने सुनती है
किससे कैसा है रिश्ता
हर रिश्तों के दर्द को सहती है
इस जमाने में जाहिलों को भी
जीना सीखाती है

गम के भँवर में फंसकर
वो खुद को ही भूल जाती है
सबकी सलामती की दुआओ में
खुद मशगूल हो जाती है
न तो एक घर
ये कई घरों को मिलाती है
खुद तो घूटन में जीकर
औरों को सुकूं दिलाती है
काँटों को रौंद पैरों तले
हर मोड़ पर फूल खिलाती है
अपने द्वेष में हंसकर भी
खुद को अग्नि में भस्म कर देती हैं

कहीं कुछ नहीं है तेरा

ऐ औरत सबकुछ होकर भी,
कहीं कुछ नहीं है तेरा।
तू तो बस गैरों के घर में,
आजीवन करती हो बसेरा।

कभी पिता के घर में खेलती,
कभी चुपके से खिलखिलाती।
ना हक़ कुछ भी बोलने का रख,
बचपन से ही मेहमान कहलाती।

सज-धज कर विदा होकर,
एक घर से दूजे घर आती है।
इस घर की ना है ये सुन अपने,
अधिकारों से वंचित रह जाती है।

कुछ तो प्रताड़ना सह कर भी,
जी लेती है जिंदगी अपनी,
तो कुछ को अपने ही घर में,
कभी आसरा मिल नहीं पाता।

खण्ड-2

यह संतप्त समय अपना....

(उर्फ़ः जीवन दर्शन की आख्यायिकाएँ)

अकेलापन

अक्सर अकेलापन
निराशा से भरा होता है...
लेकिन फिर भी
कभी-कभी काफी
सुकून दायक भी...।

अकेलेपन में ही हम
बहुत-सी बातें सोचते हैं..
याद करते हुए रो जाते हैं...
तो कभी खिलखिलाकर
हँस भी देते हैं....

सच तो ये है कि
इस कोलाहल से भरी
दुनिया की भीड़ में...
हमें खुद को ही नहीं
औरों को भी समझने के लिए
अकेलापन चाहिए होता है...।

अपने अधूरे काम को पूरा करा
कितनी बातें याद करा
कितनी दुखदायी बातों को भी
भूलाने में हमारे साथ होता है...

ये न शिकवे ना ही कोई

शिकायतें करता है...
भले ही शौक ना हो
ये एक मजबूरी होती है...

जो इबादत नहीं
बस एक आदत बन जाती है..।
किसी के साथ हम रो लें
लेकिन सुकून नहीं पाते..

खुद से बातें नहीं कर पाते
मन को शांत करने में
सक्षम हो जाएँ भले..
लेकिन अपने अंतर्मन को
खुद भांप नहीं पाते..।

उलझनें

जीवन के हर उलझन को
चुटकियों में सुलझा लेती,
तो क्या खुश होती?
नहीं क्योंकि
सबको अपनी उलझनें,
अपने दुःख ही जाने क्यों
पहाड़ों से लगते।

कितनी भी तन्हा चलूँ
या चलूँ मैं भीड़ में ही
साथ नहीं छोड़ती मेरा
जीवन की ये उलझनें।

रखती मुझे जकड़े हुए
कईयों के साथ भी
सिर्फ़ अपनी ही आवाज़
गूँजती रहती है कानों में।

कश्मकश में रखते हुए
चीखती-चिल्लाती
पल-पल न जाने
कितनी बातें अंतर्मन में।

ख़ामोश लबों का तो
हम अंदाज़ा भी नहीं

लगा पाते ....
कि कितनी जटिल होंगी
उनकी ये उलझनें......।

कितनी ही बातें याद करवा
हमें कुछ भी कहने से रोकती
अक्सर हृदय को तड़पा कर
कभी समंदर की लहरें तो
कभी तपती रेत-सी कर जाती।

कुछ को तो ये उलझनें बालपन से ही
लिपट वृद्धावस्था तक साथ निभाती
जिंदगी बीतती ही जाती मगर
ये उलझनें नहीं सुलझती
हमें ज़िंदा रखकर भी
हमारे प्राण को अपने
क़ैद में रख लेती।

आत्महत्या

आसान नहीं होता
हर किसी के लिए,
आत्महत्या कर लेना
हर किसी का लक्ष्य नहीं होता
आत्महंता बन जाना
बड़ी कश्मकश में जीतीं हैं
वे जिंदगियां जो
भीड़ में होकर भी
औरों के हिस्से का दर्द
तन्हा ही सहती है
खुद में समेटे रखती है
हर किसी की पीड़ा
मजबूर हो हर पल
तिल-तिल मरती है
फिर भी शौक नहीं रखती
मौत को गले लगाने का...
एक ही जिंदगी में
जीती तो एक बार ही
मगर
हजारों मौतें मरती है
फिर भी अपनी छोटी-मोटी
जरूरतों को भी
पूरी नहीं कर पाती है
घर में हर तरफ
रौनकें देखती हैं मगर

खुद के लिए वीराना
ही महसूस करती है
शरीर तो न जाने कब का
मृत हो चुका होता है
मगर कुछ अरमान
झकझोरते रहते हैं
पल-पल...
चाहती हैं इच्छाएँ भी
किसी और दुनिया में
जाकर पूरी होना...
शायद तभी अंत में
'आत्महत्या' कर लेती है
वो अतृप्त इच्छाएँ!

सुनो, कुछ ऐसा हो जाता!

सुनो कुछ ऐसा हो जाता,
ये वक्त की गाड़ी का पहिया,
जिस तीव्र गति से आगे बढ़ रहा,
ठीक वैसे ही थोड़ा पीछे घूम जाता।

मैं भी जी भरके उन पलों को,
एक बार फिर से जी पाती।
और तू भी अपने जीवन के,
फैसले को खुद हक़ से ले पाते।

मैं फिर से अब से बेहतर तुझे समझ पाती,
पल में मेरी हठ इन नखरों को तू भी भांप लेते।
दिखावे के रिश्ते से खुद को आगाह कर जाती,
धोखे मिले रिश्ते से थोड़े तुम भी संभल जाते।

जो जीते थे कभी हरपल हमारे वास्ते,
उनके कुछ सपने हम पूरे कर जाते।
खुद के स्वार्थ में आ उन रिश्तों को,
अपलक निहार खुद में ही जकड़ जाते।

सरपट दौड़ गया निकल जो वक्त उसे,
अपनी मुट्ठी में कभी हम कैद कर पाते।
एक बार फिर से हसीं यादों को जीवंत कर,
उसमें संग मिल कुछ और रंग भर जाते।

आशीष मिले रिश्तों के चरणों में,
थोड़ी-सी ही जगह बना पाते।
हुए नफरत के अंबार रिश्तों से,
बस हम वजह ही जान पाते।

छल-कपट करते रिश्तों को,
हाथ जोड़ राम-राम कर जाते।
धोखे और ना मिले हमें उनसे,
इस डर से पूर्णविराम लगा जाते।
सुनो कुछ ऐसा हो जाता..............

कल की उम्मीद

आज के अपने अरमां ही,
कल की तो उम्मीदें हैं।
इन उम्मीदों को पाने को,
हमें संग मिलकर आगे जाना है।

हर बच्चे को अपनी जमीं,
अपना आसमां बनाना है।
ये बच्चे हैं प्यारे-प्यारे,
जिन्हें चाँद-सितारों
से सजाना है।

इनसे रौशन है हर गलियाँ,
हर चौराहों पर उजाला है।
आज के अपने दीपक-ज्योति,
कल के सुरज बनने वाले हैं।

जिनका बचपन भूख की
आग में जलता,
उनकी आँखो में शरारत कहाँ।
बनते चोर, डकैत और सिरफिरे,
उनके दिल में बचे शराफत कहाँ।

बालरूप भगवान का होता,
और युवा धनवान है।
बाकी उम्र को कहा विज्ञान है जिसने,

तो बस इनका ही गुणगान है।

अगर अमृत फल हमें है खाना,
इज्ज़त, प्रतिष्ठा को है पाना।
परवरिश में कसर ना छोड़े,
अपने फर्ज से कभी मुँह न मोड़े।

'ये चमन के खिलते फूल,
और हम चमन के माली हैं।
भरेंगे दामन को कल खुशियों से हमारे,
जो बरसों से खाली हैं।'

चलें अब अपने लिए भी जी लें हम

सुनो, कुछ दूर चले जाओ तुम भी
और संग चली आऊँ तेरे मैं भी
मैं-तुम दोनों संग चलते-चलते
अब फिर से बन जाएँ हम भी

बड़ी उथल-पूथल सी मचती है
इस रोज़मर्रा की बातों से....
इन बातों पर अब लगा विराम
संग मिल इस दिल को
अब तो दे दें थोड़ा आराम
बाँट लो तू भी अब तो मुझसे
जो तेरे दिल में है मचा कोहराम
मैं भी बतला दूँ तुझे प्रिय अब तो
अपने दिल में संजोए हर अरमान
क्या पता कभी फिर मिले वक़्त ना
और हो जाएँ जूदा अपने जज़्बात
इस मधुर बेला में प्रेम की बाते करके
दे दें जीवन भर के तुझको सारे सौगात

रिश्तों की कब्र में

छुपाते रहना पड़ रहा, कुछ रिश्तों से आजकल खुद को,
जो मेरे दर पे ही थे रहते, वो न आजकल पहचानते मुझको।

जिन्हें चाभी बनाकर थे रखे, अपने ही घर के तालों को,
वही गए छोड़ तम दर मेरे, ले गए मेरे घर के सारे उजालों को।

बड़े फिक्रमंद बताया करते थे, जो दिन-रात खुद को,
नासमझी थी यही मेरी, जो बना गए उल्लू हर कदम मुझको।

अब हँस के बात करने में भी, फरेबी से लगते हैं,
जरुरत है नहीं अब बहानों की, तो क्यों अब नकाब पहनते हैं।

फंसते थे कभी हम भी, रिश्तों के भँवर में,
अच्छा ही हुआ जो कर दिए दफ्न, अपनों ने रिश्तों की कब्र में।

तेरा ही दिया तुझे कैसे दूँ

तेरा ही दिया पास मेरे सबकुछ है खुदा,
फिर भी मैं अपना कुछ तुझे कैसे दूँ।

माँग लेते जान मुझसे तो दे देती खुशी से,
मगर अपना प्यार तुझे मैं कैसे दूँ।

अगर मांगा होता वो रातें तो दे देती,
मगर वो हसीन ख्वाव तुझे मैं कैसे दूँ।

बेकरारी ले लेते तो अच्छा होता,
अपना अब करार तुझको मैं कैसे दूँ।

मेरी साँसे ले लेते तो अच्छा होता,
मगर नाम से उनकी धड़कती,
एक-एक धड़कन तुझको मैं कैसे दूँ।

छीन लेते मेरी नजरों को,
फिर भी कोई गम न होता,
अब वो हसीन नजारे तुझे मैं कैसे दूँ।

तू चाहे तो मेरी हकीकत ही ले ले,
ये हठी खुदा तुझे,
अपने एहसास मैं कैसे दूँ।

तुने ही दिया है सब,
तू ही मांगते हो अब।

जो बचा है अब संग जी रहे हैं उसके,
है जो पास मेरे अब मैं वो तुझे कैसे दूँ।

काश!

काश! कि मुझको भी अब,
नकाब पहनना आ जाता।
इस बुद्धू बावले
चेहरे के उपर,
एक शातिर चेहरा
लगाना आ जाता।

हर रिश्तों के बीच,
आग लगाकर उसी में,
खुद के लिए ही रोटियां
सेंकना अब मुझे आ जाता।

छल-कपट करते हुए भी,
सबको इशारों पे नचाना,
मुझको भी आ जाता।
मन में द्वेष रख कर भी,
सबसे हँसके मिलना आ जाता।
खुद कुछ रिश्तों मे घुस उसको,
सबसे दूर कराना आ जाता।

थक चूकी सुलझाकर रिश्ते,
अब तो मुझको भी,
औरों को उलझाना आ जाता।
ईर्ष्या, द्वेष, जलन मन में रख,
अब तो चाटूकारी करना आ जाता।

सबको उँगलियों पर,
नचाना भी मुझको आ जाता।
जिनके घर में आसरा मिलता,
उसी से षड्चंत्र रचाना आ जाता,
मूसक कि भांति घूसकर अब तो,
उसके आशियाने को गिराने आ जाता।
अब औरों के हक को भी अपनी,
मुट्ठी में करना आ जाता।
सब देख अपनी करतूतों को,
मुखौटों के भीतर से भी,
औरों के भोलेपन पर मुझको,
ठहाके लगाना आ जाता।

काश! कि अब मुझको भी,
नकाब पहनना आ जाता।
इस बुद्धू-बावले चेहरे के उपर,
एक शातिर चेहरा लगाना आ जाता।

अपनों के दिए ही ग़म से

दिए अपनों के ही गम से मैं,
तबाह न हो जाऊँ,
डरती हूँ खुद-ब-खुद ही,
कहीं बर्बाद न हो जाऊँ।

अब टूट चूकी हूँ मैं,
बस है बिखरना बाकी।
भयभीत हैं अपने फिर भी,
कि कहीं मैं आबाद न हो जाऊँ।

कितने सितम हैं देखे मैंने,
हैं कितने देखने अब बाकी।
इन जूल्मों सितम के बोझ से,
कहीं मैं जेऱ न हो जाऊँ।

भरती हूँ आहें मैं तो कभी,
खुद को छूपा के खुद से।
डरती हूँ कि ये सिसकियाँ,
देर तक रह न जाए बाकी।

हूँ मुसकान बिखेरती उनके लिए,
अपनी सिसकियों को दबाकर भी।
जो जीते हैं हरपल हँसते देख मुझको,
अब तो है जान जिनकी मुझमें बसती।

जो हाथ शाबाशी देते थे...

जो हाथ शाबाशी देते थे कभी,
वो अब पीठ पे खंजर चुभोते हैं।
आखिर पता है ही उन्हें बेहतर ये,
कहाँ के जख्म ज्यादा दर्द देते हैं।

मृदुभाषी बन करके भी अक्सर,
खुद के दिए जख्मों को कुरेदते हैं,
हँसकर हाल पूछ कर भी मुझको,
वो और भयभीत कर जाते हैं।

ऐ घर शायद ऐसी है तेरी वेदना

स्त्री-पुरुष दोनों ही मिल,
करते तेरे घर में निवास।
ये घर स्त्री-पुरुष दोनों का,
ही झलकता तुझमें स्वरूप।

मीलों दूर बसी हूँ,
अपने उस घर से मैं,
मर्जी से ज्यादा मजबूरी,
खींच लाती है सबको
अक्सर अपने घर से दूर।

ये घर तू सिर्फ मकान नहीं,
तू तो खुशी और गम के
यादों का कैनवास है।
ये घर तुझपर उकेरे गए,
कितने ही जज्बात हैं।
कितने सपनों को साकार,
किए हो तू हर हाल में।

महसूस करती थी तेरा रोना,
जब भी विदा लेती थी मैं,
तेरी आँचल के छांव से।
ये घर तेरी सिसकियों को,
जाने क्यूँ मैं आज भी,
महसूस करती हूँ हरपल।

सपरिवार तुझसे बार-बार।
आना चाहती हूँ मिलने
मगर रोक लेती हूँ खूद को,
ये सोच कि अपनों को ही,
कहीं ना गुजरे नागवार।
वे दुःखी न हो जाएँ! और
वेदना तुझको न सहनी पड़े।

ये घर अपना बचपन तो नहीं,
लेकिन दुल्हन बन जाने के बाद,
कितने ही समय बिताए तेरे संग।
तू ही तन्हाई के लम्हों में हर पल,
उस कमरे में बातें करता मेरे संग।

नए अपरिचित होकर भी,
कैसा था तेरा स्वभाव।
जब विदा होकर आई तो,
लगता था अपना-सा सब।
कभी हंसी-ठिठोली होती उसमें,
तो कभी साजिशों का बुनता रहा जाल।

मैं रहूँ इन सबसे अनजान भले,
लेकिन तेरा कचोटता था प्राण।
कोई हक भले ही मिले नहीं,
मगर स्वागत करके पहले दिन ही,
अपने हिस्से का छोटा-सा कमरा,
तुने ही कर दिया था मेरे नाम।

उस छोटे-से कमरे में ही,
बसने लगे थे मेरे प्राण।
हो- हल्ला उसमें मचती थी बहुत,
हरपल खूब रहता था धूमधाम।

मुझ नई दुल्हन से मिलने को,
सब आते रहते थे तेरे द्वार।
और गौरवान्वित होना तेरा,
उस बात पर जब करते थे,
सब तेरी इस नई बहू के,
रूप व गुणों का बखान।
हर्षित होकर सब के संग,
वो निःस्वार्थ प्रेम व आशीष,
तू भी न्योछावर करते थे।

ये घर तुझे भी याद है न,
वो तुलसी का बड़ा-सा चौंरा,
बना था जब मैं थी न तेरे पास।
घर के श्रेष्ठ के संग ही मिलकर,
सुंदर सजाया तुलसी
का नया स्थान।

ये घर छुपा नहीं होगा
मेरा दर्द तुझसे,
तू मीलों दूर सिसकती,
अपने बच्चों के मन को,
पूरी तरह भांप ही लिए होगे न।

कैसे बयाँ करूँ मैं,
तुझसे अपने जज्बात।
दूर हूँ फिर भी हम बच्चों का,
बसता है तुझमें ही प्राण।

ये घर तेरा रोना,
भांपती हूँ जब भी,
झड़ते हैं वो उपरी परत,
सीमेंट व रंगाई के।

ये घर तेरी सिसकियों को,
और ना बढ़ाना चाहूंगी मैं।
बस जो वहाँ हक जताए हैं तुझपर,
बस उन्हें ही खुश रख लेना तू।

ये घर कितने भी षडयंत्र,
रची जाए भले तुझमें।
मगर तू पवित्र है क्योंकि,
मंदिर के पास ही करता है तू वास!

नहीं बनना चाहती मैं

नहीं बनना चाहती मैं
बेडियाँ किसी रिश्तों की
नहीं बाँधना चाहती मैं
भागते रिश्तों को
स्नेह के सूत्रों से
नहीं जताना है मुझको
निभाए जिम्मेदारियों के
उन एहसासों को
गैर जिम्मेदार कहला
जाते हैं जाने क्यूँ
जबकि पाई-पाई का हिसाब
हमने रक्खा नहीं कभी
अब नहीं हो पाता चाहकर भी
जादुई प्यार कुछ रिश्तों से
जाने क्यूँ कोई जादू-टोना
तोड़ रहे मेरे अरमानों को।

उन्मुक्त हूँ मैं

उन्मुक्त हूं मैं उन पहाड़ों सी,
निर्झर मन मेरा उन झरनों सा;
खिलखिलाहट है चिड़ियों सी,
मुझे भी आसमान में उड़ना है!

हूं पर्वतों के देश में रहने वाली,
मैं कस्बों की रानी हूं;
मन मेरा कोमल अंकुर-सा,
नृत्य की मैं दीवानी हूं!

आंखों में मेरे सजते सपने,
टूट कर बिखर जाएं भले;
मैं इस जंगल की हरीतिमा,
बुन लेती हूं पलकों के तले!

हर सांझ बांध पांवों में,
मैं ये पागल मलयानिल;
धरती लपेट कर तलवों,
बन जाती सरस सलिल!

उगते सुरज-संग कदम मेरे,
ज्यों नृत्य ही बनकर निकल गए;
कोई थकन नहीं, कोई शिकन नहीं,
हंसते-गाते दिन सकल गए!

बेवक्त की रोशनी

बेवक्त की रोशनी से अब क्यूँ,
डर-सा लगने लगा है मुझको।
सारी खुशियाँ रूठ कर अब तो,
गम गले लगने लगे हैं मुझसे।

जिनसे उम्मीद किया था अमृत का,
उन्हीं से विष मिलने लगा है मुझको।
शायद पीठ पीछे हो रही बुराइयों का,
अब सीधा असर होने लगा है मुझ पर।

दुआएं कहाँ मिलती हैं अब किसी से,
शायद बद्दुआएं असर कर रही मुझपर।
जाने मुझको क्या हो गया है आजकल,
कोलाहल-सा मच रहा जिंदगी में हरपल।

जिनके नक्शे-कदम पर सोचा था मैंने,
ताउम्र चलने को कभी हर सफर पर।
वो भी रूख बदल नकाब ओढ़े पीछे से,
विश्वासघात करते दिख रहे हैं मुझसे।

जाने-पहचाने चेहरों से अब तो जाने क्यूँ,
डर-सा लगने लगा है हर पल मुझको।
इतने धोखे मिल रहे हैं कदम-कदम पर,
कि कदम बढ़ाने में भय लगता है मुझको।

पुरुष

ये पुरुष भी न दिन रात
कितने कश्मकश में जीता है।
बहा पसीने दिन-रात अपने,
लहू के घूँट वो खुद ही पीता है।

अपनी वेदना को मुस्करा कर,
दिल-ही-दिल में सहता है।
कभी पत्नी तो कभी माँ के संग,
रिश्तों के भंवर में फंसता है।

कभी माता-पिता कभी भाई-बहन,
को मिला के परिवार एकजुट करता है।
इस जुग्गत में खुद को असफल पाकर,
मजबूत होते हुए भी खुद टूट जाता है।

अर्धांगिनी के प्रति हर कर्तव्य को,
पूरा कर इस जग में सम्मान दिलाता है।
खुद जिम्मेदारिओं के बोझ से थककर भी,
हर पथ पर संग उसी की रक्षा करता है।

कभी बच्चों के मुख से सुपर हीरो सून,
खुद को सफल समझ लेता है।
उनकी तुतली मीठी बोली सून,
खुद भी खुश हो जाता है।

बच्चों को देने को भविष्य उज्जवल,
कड़ी कितनी मेहनत करता है।
बच्चे को ऊंचा उठाने को,
खुद नीचे ही झुकता जाता है।

घर चलाने की जुगत में,
रातों को अधखुली आँखे सोता है।
ये आँखों से तो कम ही मगर,
दिल से हर पल ही नम रहता है।

ये पुरुष भी न दिन-रात,
कितने कश्मकश में जीता है।
बहा पसीने दिन-रात अपने,
लहू के घूँट को खुद ही पीता है।

रे मन, क्यूँ तू इतना बावला है?

रे मन क्यूँ तू इतना बावला है....
जिस-जिस ने दिए हैं धोखे तुझको,
क्यूँ तू उनसे मिलने को उतावला है,
रे मन क्यूँ तू इतना बावला है?

रे मन दर्द में भी मुसकाने की,
आदत तुने ये क्या बना ली है,
भले देख जलें सभी रिश्ते-नाते,
ये तेरी मुसकाने की अदा निराली है।

तोड़े अगर कोई उम्मीदों को,
तो उम्मीद जगाऊँ मैं कब तक?
धोखे से मिले जख्मों पर,
मैं मरहम आखिर लगाऊँ कब तक?

रे मन तन्हां-तन्हां चलने से,
डर क्यूँ लगता है तुझको?
है सफर ये लंबा पर कट जाएगा,
बस तू अपना बनाए रख मुझको।

गुरु के होते रूप अनेक

ऐसी सतरंगी दुनिया में,
गुरु के भी हैं रूप अनेक।
मोती जैसे ज्ञान बिखेरे,
लाखों में गुरु मेरे एक।।

शिक्षा का हरपल दीप जला,
अज्ञानता को दूर भगाए।
फैला है तम गर जीवन में,
फिर भी साक्षर हमें बनाए।।

ना कोई रिश्ता होकर भी,
गहरा रिश्ता बन जाता है।
एक सूत्र से गुरु-शिष्य का,
पावन बंधन बंध जाता है।।

जो तोड़े से टूटे ना,
ना छोड़े से छुटे है कभी।
शब्दों को माला में पिरोकर,
मां शारदा को हमतक पहुँचाए।।

माता-पिता ईश्वर का रूप,
गुरु में ही दिखता है खूब।
निःशब्द बने हम शिष्यों को,
शब्दकोष बना जाते हैं।।

गुरुदक्षिणा में क्या दें,
प्राण-दान भी कम लगता है।
ऐसे ईश्वर के रूप को,
शत्-शत् नमन दिल करता है।।

अगर परिन्दे हम होते

काश! कि कभी हम भी
परिन्दों के जैसे होते
सबकुछ पाने का एहसास होता हमें
कुछ खोकर भी ना कभी कुछ खोते

आसमां में उड़ते हम कभी
जमीं पर भी उतरते
पेडों पर ही रहते
और रात वही गुजारते
हर फूलों और कलियों के
संग-संग बातें हम करते
बस एहसास जीने का होता
ना कभी मरने से डरती

हम चाहकर भी किसी को
कभी अपना नहीं बनाते
कभी किससे मिलते भी तो
गैरों-सा रूख अपनाते
इंसानों के जीवन से
हम रिश्ते-नाते ना रखते
कभी इशारे में भंवरों से
तितली का हाल पूछ लेते
चारों दिशाएँ होती अपनी
और नीला आसमां हम पाते

हर जीवों को आसमां से
हंसकर हम ललचाते
किसी तरू की डाली में
हम अपना घर बसाते
संग-संग गाते चहकते
हम संग ही दाने लाते

जुगनूयों की रौशनी में
हम संग-संग ही खाते
हमें हर मोड़ पे मिलती खुशियाँ
गर परिन्दे हम होते।

यही है मानव तेरा जीवन

है कैसी तेरी देह ओ मानव,
जिसपर तू इतराता है।
जिन संबंधों के संग रहकर,
कभी अपना-अपना रटता है

इक दिन ऐसा आऐगा,
सब तेरा यहीं छूट जाएगा।
बस ये काया होती है अपनी,
बाकी सब मोह-माया है।

तेरे शरीर को छोड़ तेरा सब कुछ,
इस जमीं पे ही लूट जाएगा।
जिनसे तेरे गहरे रिश्ते हैं,
वो पहले तुझसे पिंड छुड़ाएगा।

तेरा बैरी तुझे विदा लेते ही,
अपना बनने का स्वांग रचाएगा।
तेरी कमाई जमा-पूँजी से,
अपना जीवन रंगीन बनाएगा।

तेरे विदा लेते ही काया को तेरी,
संक्रमण बिमारी समझेगा।
जिनके लिए हर रात तू,
ज्योत् जलाया करता था।

वो बड़े हक़ से आकर,
तेरे मुख में अग्नि डालेगा।
दिखावे को अश्रु के,
कुछ बूंदे बहाएगा।
खुद को पवित्र करने के खातिर,
भोज-भात में लडडू पूरियां बाँटेगा।

तेरा अस्तित्व मिटाकर धरती से,
अपना साम्राज्य फैलाएगा।
तेरे किए गए सत्कर्मों को,
सब अपने नाम कराएगा।

अपनों को बदलते देखा है....

तरक़्क़ी और पैसों के बल पर,
अपनों को बदलते देखा है....
हर हाल में खुश रहने वालों से,
अपनों को जलते देखा है....

खुद की थाली में खिलाया जिन्हें,
उसी थाली में उन्हें ही छेद करते देखा है।
एक साथ चल कर भी पीठ में,
अपनों के खंज़र चुभोते देखा है...
मैंने तो इस दुनिया की भीड़ में,
गरीबों से ज्यादा अमीरों को रोते देखा है....

माँ से बच्चों और बच्चों से माँ को,
हिस्सों का बँटवारा करते देखा है।
तरक़्क़ी और पैसों के बल पर,
अपनों को बदलते देखा है।

खून के रिश्ते में भी अक़्सर,
ऐसा लेखा-जोखा देखा है।
कुछ के हिस्से में खुशियां तो,
कुछ में बस ग़म बहुतों देखा है।
कुछ पर आशीष की झड़ी बरसे,
तो कुछ पर तंज़ बरसते देखा है।

आशीर्वादों से भी ज्यादा मैंने,
बद-दुआओं को फलते देखा है।
मैंने तो एक ही परिवार में,
माँ के रूदन को कभी
तो कभी बच्चों के क्रंदन को पहचाना है।

दिल के तेरे जख़्म कभी नासूर न बन जाएँ

तू अपने दायरे में,
सिमट कर जियो ना कभी।
वरना कल के मिले आज,
हम अजनबी बन जाएँगे।

तनहाई सिवाय दर्द के,
कुछ भी न दे पाएगी।
चंद कोशिशों में मुलाकात की,
हम कामयाब हो जाएंगे।

कभी रूठने का तेरे,
इंतजार मैं करूँ।
जो रूठ जाओ तो,
मान -मनुहार मैं करूँ।

दर्द में भी नशा होता है,
अश्क में भी नशा होता है।
इतने शरीफ होकर मगर,
नशे में ना डूबो तुम कभी।

तेरी नशीली ये अदा,
और मेरी शराफत।
इतने शरीफ होकर भी,
हम बदनाम हो जाएंगे।

गर बाँटने से दर्द हो कम,
तो बाँट ले हमदम।
दिल के तेरे जख्म,
नासूर ना बन जायें।
आ पास मेरे सनम,
हम लगा दें मरहम।

ग़म में ही खुशी तलाशती हूँ

मैं चलूँ क्या आगे अभी,
बस पीछे-पीछे ही देखती,
इस नए जहाँ से क्या लूँ मैं,
इतिहासों से ही सीखती।

अपना जीवन भी कहानी है,
मैं बस इसको ही लिखती हूँ,
हो आपकी या कि मेरी हो,
बस इसको ही दोहराती हूँ।

खुशियां और गम इक साथ मिले,
वही याद कर उसको जी लेती,
अमृत हो या विष का प्याला,
हंस-हंस कर मैं सब पी लेती।

जाने किस पल में मरना हो,
हर पल पहले तो जी लेती,
न मिले अगर खुशियां मुझको,
गम में ही खुशी तलाशती।

जीत हमारी कुछ ऐसी हो....

बीत जाते हैं दिन सुख के जल्दी बहुत,
पता भी नहीं चलता।
कटते नहीं दिन लेकिन,
ग़मों के पहाड़-से।

नाकामयाब होकर भी एक ऐसा कारोबार करें हम,
जीवन में अपने गैरों से भी प्यार करें हम
दुःख अपनाकर सुख देने का,
जीवन भर व्यापार करें हम।

नफरत को हम प्यार से जीतें,
शांत ह्रदय से शोहरत जीतें,
अहंकार को सस्वाभिमान से,
अतीत के गमगीन पलों को,
वर्तमान से सुखद अहसास से जीतें।

जलन-ईर्ष्या और द्वेष को
आत्म-समर्पण से जीतें,
त्याग और बलिदान से जीतें,
हार को संतुष्टि से जीतें।

जीत को भी जीतने की जरूरत होती है,
जीत स्वीकारें शांत मन से,
जीत में कोई अभिमान न हो,
हार में भी पर स्वाभिमान करें।

अहंकारी जीत सीखाती है थम जाना,
मगर स्वाभिमानी हार- आगे बढ़ना।

वो ज़माना, ये ज़माना

एक ज़माना वो था जब सब,
ग़म को छुपाया करते थे,
हर दुःख में मुस्काते थे,
हर दर्द छुपाया करते थे।

एक ज़माना अब आया,
सब अपनी खुशी छुपाते हैं,
मन में भरी उमंगें हों पर,
ग़म की गाथा गाते हैं।

अभी-अभी महफिल में गए,
जाते ही ठहाके लगाने लगे,
इत्तेफाकन पड़ी नजर तो,
आँखों से नीर बरसाने लगे।

क्या होगा ऐसे जमाने का,
जो जमाने वाले ऐसे हैं,
अपनों के सामने रोते हैं क्यों,
तन्हाई में हँसते कैसे हैं?

यह बदलाव ही जीवन है...

ये बदलाव ही जीवन है,
या जीवन ही एक बदलाव है
संग सबके होकर भी
क्यों जिंदगी में अलगाव है?

आज दिन बदल गए,
दिमाग बदल गया
कभी दागनुमा चन्द्रमा
बेदाग निकल गया

हर सांस बदल गई,
अहसास बदल गए,
आज जीवन-जल की भी
कोई कद्र नहीं है,
क्योंकि सबकी प्यास ही बदल गई।
जो प्यास बुझाती थी,
कुछ बूँद अमृत जल की,
आज विष ने रूप ले लिया,
है छलकते हुए जाम का,
न महफिलें सजती हैं,
नशा-ए-जाम के बिना,
लोगों को बस अब भाता है,
ऐसे ही बस जीवन जीना।

रहती थी जश्न शाम की

महफ़िल में दोस्तों की,
ये साज, मस्तियाँ, पार्टियां छीटाकशियाँ
वो छेडखानियाँ शान बन गई हैं
महफ़िलों की क्यों अब?

सुर से सुर जब बजते थे,
और बजती थी सरगम,
कभी खुशियां-बहारों के झोंके,
हुआ करती थी।

आज बदल गए हैं,
धूम-धड़ाकों में हरदम,
रूप न निखरा लगे,
शायद आईने बदल गए,
अब तो जिंदगी जीने के मायने।
कल तक गोरियां सजतीं थीं,
कराती थीं सोलह श्रृंगार,
आज तो चिर भी होता है बालाओं के लिए भार।

कल तक वृक्ष की छत्रछाया थे-
घर के बुजुर्ग अपने!
आज पतझड़ से भी बदतर
कर डाले हैं अपनों ने।

कल तक चरणामृत को
शीश लगाया करते थे,
आज तो अमृत बस लोग
अपने चरणों को समझते हैं।

पूजा बदल गई,
प्रार्थना बदल गई।
वो शान्ति से उपासना,
वो साधना बदल गई।

बातें बदल गईं,
मुलाकातें बदल गईं,
दिन को तो हर पल देखा करते हैं,
आजकल तो अनदेखी रातें बदल गईं।

कभी चैन की नींद सोते थे,
अपने तनाव खोते थे,
आज नींद में भी कोई चैन नहीं,
रहता है दिल बेचैन कहीं।

शायद शाम बदलते ही
आराम भी बदल गए,
नाम भूलकर माता-पिता का
लोग अपने नाम बदल गए।

प्रेम भी बदल गया,
प्रतीक भी बदल गए,
स्वार्थ-लालच-बेईमानी में,
अतीत बदल गए।

खण्ड-3

किसी बहाने प्यार...

(उफः प्रेम और रूमानियत की भावाभिव्यक्तिया)

चाँद हो तुम, और रात हूँ मैं

ऐ चाँद मेरे!
चल धरा पर उतर जा
तू संग अपने निशा के।
हो चला वक्त ग्रहण का
मोह छोड़ दे इस दिशा के।

तेरी ही शीतलता
मेरे मन को लुभाए
तू मुझे प्रेम देकर
खुद कितना कुछ सह जाए।

कभी पूर्णिमा में बढ़ते हो
कभी अमावस पर रुकते
यूँ ही चलते-चलते
ग्रहण को तू सहते।

है मालूम इतना कुछ
तेरी इस निशा को
हर ग्रहण के बाद भी तू
और निखर के मुझसे मिलते।

ऐ मेरी निशा छोड़
तू डर इस ग्रहण का
करने दो तारों को तैयारी
फिर से हमारे मिलन का।

गणित प्रेम का

कभी-कभी मैं खुद में एक
खालीपन-सा महसूस करती हूँ
कभी-कभी कुछ सोचते हुए
शून्य-सी हो जाती हूँ
फिर कुछ देर कहीं भी बैठती हूँ
तो अलग सी लगती हूँ
मन उद्विग्न हो उठता है।

शांत चेहरे का भाव मगर मन में
समंदर की लहरें उठती है
फिर एक संख्या के रूप में
तुम मुझ शून्य के आगे
सज जाते हो और मैं
भरी-पूरी लगने लगती हूँ
इस संपूर्णता को पाने के लिए
मैं हर बार शून्य बनूँ
और तू मुझे पूर्ण करते एक संख्या
इस प्रेम का गणित हल न हो पाए
तो मन सशंकित हो उठता है
फिर किसी सूत्र के तहत तुझे पाकर
हर उलझन को सुलझा लेती हूँ
बस तेरा साथ पाते ही
मन सरोवर के जल-सा शांत हो जाता है

दिन न गुजरते हैं तेरे बिन

अब दिन का क्या क़ूसूर,
जो बिन तेरे गुजरता ही नहीं।
तेरी आँखो में झाँके बिन,
ये रूप है कि सँवरता ही नहीं।

जब भी मिलते हो मुझसे,
तुम शाम तलक़ ही,
क्या कहूँ ये बैरी वक्त को,
जो देर तक ठहरता ही नहीं।

तपती हूँ इस उमस में भी,
मैं दिन भर ख़्यालों में तेरे,
तेरे प्यार का मेघ है कि,
तन्हाई में बरसता ही नहीं।

बस गए हो नस-नस में अब,
इस क़द्र तुम मेरे, कहूँ क्या?
साँसें तो चलती है हौले-हौले मगर
तुम बिन दिल है कि धड़कता ही नहीं।

तुमको ही पाना चाहा, बस!

ना जाने क्यूँ?
ऐ प्रिय
मैं ही तुझे हरवक्त
याद आना चाहती हूँ..
इस जनम में क्या
हर जनम में तुझे ही
मैं पाना चाहती हूँ।
हों शब्द भले किसी के,
मगर गीत तेरे ही नाम के
लबों से अपने हर घड़ी
गुनगुनाना चाहती हूँ..
तेरी आँखों में भी तस्वीर
अपनी ही बसाना चाहती हूँ
मैं ही तुझे हरवक्त
याद आना चाहती हूँ.....
इस जनम में क्या
हर जनम में बस
तुझे ही पाना चाहती हूँ...

इंतज़ार नहीं करती

मैं इंतज़ार नहीं करती
खुशबू से भरे गुलाब का
अपने प्रेम को दर्शाने के लिए।
उस गुलाब से कहीं ज्यादा
सुगंधित लगता है
मुझको प्रेम तेरा
जो सिर्फ़ और सिर्फ़
मुझपर न्यौछावर होता है!

कोई तोहफे या गुलाब ना लाना,
बस मुसका कर प्रेम भरे शब्दों से
मेरा नाम अपने लबों तक लाना
और मैं कितनी ही दूर रहूँ
तेरे करीब नज़रों के सामने
मुसकाती ही मिलूंगी...।

अब तुम ही मुझको लिखो ना

लिख ना रही खुद आजकल कुछ,
अब तुम ही मुझको लिखो ना।

हलचल मन की हुई स्थिर अब,
तुम सुर अपना मुझमें भर दो ना।

जाने ये सन-सन हवा चली है कैसी,
जो मेरे चुलबुलपन को उड़ा गई है।
अपनी ही लिखी ग़ज़लों को तुम आज
मेरे कानों में गुनगुनाओ ना, गा दो ना।

रहती हूँ तेरे आस-पास ही फिर भी
इतनी दूर मैं क्यूँ लगती हूँ तुमसे?
लो, अपने होठों को दे दी है राहत,
अब अपने शब्दों से ही मुझसे मिल लो ना।

कुछ तुम लिखो, कुछ हम लिखे,
एक-दूजे के शब्दों में ही दिखें।
करके स्वीकार यह प्रणय निवेदन, हे प्रिय,
अब मेरे नाम एक ग़ज़ल तुम लिख दो ना।

चाँद है वो तो रात हूँ मैं

कह दूँ मैं कैसे उनसे,
उन्हें कितना चाहती हूँ।
चाँद हैं वो और रात हूँ मै,
तो क्यूँ न उनसे गूफ़्तगू करूँ।

हर पल की हर एक कसक,
व्यक्त करूँ मैं प्रणय में ही।

इस जनम में तो है पा लिया उनको,
हजारों जनम उनको ही पाना चाहती हूँ।

चाहे देव हों या पत्थर,
इबादत में सबसे उन्हें ही माँगती हूँ।

हम-तुम

तू शक्कर मैं जल हूँ प्रिय,
तू आज मेरा, मैं कल हूँ प्रिय।
जन्म-जन्मांतर तक रहूँ तुझमें घुली,
बस तुझको ही रहूँ देखती,
जबतक ये नैना रहे खुली।
मैं सागर की लहरों-सी उठती,
तू शांत नदी जैसा है प्रिय।
मैं हँसती हूँ खिलखिलाकर,
तू मंद-मंद मुसकाता है प्रिय।
मैं तेरे जीने की हूँ वजह,
तू मेरी जिंदगी है प्रिय।

किसी बहाने से ही प्रेम तुम किया तो करो

कड़कती धूप के साये में,
जुस्तजू तो करो।
दूर से क्या बोले तू,
आकर करीब मेरे
गुफ़्तगू तो करो।
अगर डरते हो
जमाने की नजर से,
तो मेरे पलकों
के आगोश में,
चुपके से
समाया तो करो।
वक्त अपनी रफ़्तार से
निकल जाएगा।
हर वक्त को संग मेरे,
बिताया तो करो।
वक्त अपनी धुन में,
बढ़ता ही जाएगा।
तू इससे आगे,
निकल जाया तो करो।
यूँ आहिस्ता-आहिस्ता चल,
मेरा इंतजार भी किया तो करो।
मैं राहों में बिछड़ जाऊँ गर तो,
मेरी तलाश तुम किया तो करो।
आज महफूज़ नहीं जिंदगी है तेरी,
कदम-कदम पर अपनी फिक्र भी,

तुम अपने आप ही किया तो करो।
अब और उलझन में उलझे बिना,
पहले की उलझी जिंदगी को,
आकर करीब तुम सुलझाया तो करो।

मैं तेरी ही रहूँ सदा

मैं तेरी ही सदा रहूँ प्रिय
मेरी नजरें निहारे तुझे ही अपलक
तू मेरा पूरा जीवन अपने
प्रेम के रंग से ही रंग दे प्रिय

माथे में सिंदूर सजा कर लाल
बिंदिया भी सजा दे लाल प्रिय
नजरों में लगाकर काजल काली
मेरे होठों को भी कर दे लाल प्रिय
लाल ओढ़ाकर चुनरी मुझको
कर दो बरसा सर से पाँव तक रंगों की
मेरे पाँवों में सजे लाल महावार प्रिय
मैं रंगों से ऐसी करूँ श्रृंगार हर बार
तू मुझको निहारे बारम्बार प्रिय।

तेरे रूप का मैं शृंगार करूँ

मैं यूँ ही छूपकर मुसकाती रहूँ,
तेरे दीद़ में नजरें बिछाए रखूँ।
तेरी आँखों में ही झांक प्रिय,
तेरे रूप का मैं शृंगार करूँ।

जीवन की अंतिम बेला तक,
यही दुआ मैं बारम्बार करूँ।
चाहे दुर रहें हम मीलों फिर भी,
तू मुझमें छूपो, मैं भी तुझपे थमूँ।

हर जनम तेरी ही रहूँ प्रिया

मैं बनना चाहूँगी,
हर जनम एक नारी ही।
मैं प्यार पाना चाहूँगी,
हर जनम में तेरा ही।
जनम भले कई हों मेरे,
बस तेरा ही साथ मिले।
हर जनम मेरे दिल में,
आपके प्यार का दीप जले।

मैं स्त्री होकर हर्षित होती हूँ,
वेदनाओं में भी मुसकाती हूँ।
जब भी अपने हाथों में,
हाथ तेरा मैं पाती हूँ।

तुझसे शिकवे करती हूँ,
फिर भी तुझपे ही मरती हूँ।
तेरे कदमों के आहट से ही,
मुरझा कर भी मैं खिलती हूँ।
मैं टूटी थी कई बार मगर,
बिखरी ना जो तुम थे संग।

मृत हो कर भी जी उठी प्रिय,
मैं तो बस तेरी खातिर।
अब भी कितने सपने,
मुझको बुनने हैं संग तेरे।

मिल कर भरेंगे जीवन में दोनों,
अब भी प्रेम के रंग कितने।
हर जनम मैं ही नारी तू नर होना,
ना दूर कभी,.बस संग रहना।
छोड़ूँगी ना तेरा साथ कभी,
बस मुझको है इतना ही कहना।

एक ख़्वाहिश मेरी ऐसी भी

ओ प्रिय तेरी कलाई की,
काश! हर बार घड़ी मैं बन जाऊँ।
तेरे स्पर्श में रह कर दिन भर,
अपनी प्रेम मिलन पर इतराऊँ।
ओ प्रिय तेरी कलाई की......................

तुझे पता भी चल पाए ना,
समय को आगे-पीछे मैं कर पाऊँ।
बेरूखी से भी क्यों न हो,
खुद पर ही तेरी नजर मैं अटकाऊँ।
ओ प्रिय तेरी कलाई की......................

सुख-दुःख की बेला में हर-पल,
मैं तेरा साथ निभा पाऊँ।
जब-जब ये वक्त लगे फिसलने,
तब-तब मैं चाभी को पीछे घूमा पाऊँ।
ओ प्रिय तेरी कलाई की...............

तुझको मुझ पर आए नफरत या प्यार,
फिर भी मैं तेरी ही सूरत को निहार पाऊँ।
तेरी कश्मकश से रूबरू होकर,
तेरे दुःख के पल को सुख में थोड़े बदल पाऊँ।
ओ प्रिय तेरी कलाई की.............

तुझसे नजरें बचा कर भी,
तुझ पर ही नजरें बनाए रखूँ।
तेरे ईर्द-गिर्द ना होकर भी,
मैं तो तेरे संग में ही दिखूँ।
ओ प्रिय तेरी कलाई की.........

मेरी चाहत तू रहना

रहूँ चाहते तुझको मैं चाहतों तक,
चाहत रहे तू मेरी मुद्दतों तक।
हरवक्त दे दर पे दस्तक,
रहूँ मैं नतमस्तक।

दिल के दर पे आके चल तू,
संग धड़कनों के रास्तों तक।
चाहे जान कुर्बान करूं मुहब्बत में,
रहना संग मेरे तू सब हालतों में।

कभी ना कहना अलविदा,
तू ऐ मेरे हमदम।
प्यार ही प्यार देना,
गेरी नफरतों पर।

तू देते ही रहना,
निरंतर गम-ओ-खुशियां।
बस मांगती मैं रहूंगी,
तुझको अंतिम इबादत तक।

आपसे कुछ सीख लूँ

आ तूझे बाहों में भरकर,
प्यार करना सीख लूं;
मेरी धड़कनों का अंत हो,
मैं फिर से जीना सीख लूं।

फासले दिल से मिटाकर,
दिल में बसना सीख लूं;
अश्क-ए-गम को बेचकर,
मैं हंसी खरीदना सीख लूं।
दूर हैं जो इन आँखों से उन्हें,
नजर में कैद करना सीख लूं;
उनके गमों को अपने दिल में दबा,
उन्हें खूशियां दिलाना सीख लूं।।

सुख का पलछिन छूट ना जाए,
अपनों के संग ये लम्हा काट लूं;
क्या पता कब मौत आ जाए,
ये जिंदगी नाम अपनों के
करना सीख लूं।।।

सिंदूर

बस एक बार लगा दी मुझको आपने
ये सिंदूर मेरे मांग में अपने नाम की।
मैं जन्म-जनमांत्तर तक हो गई आपकी,
यह बात संग आपके दुनिया भी मान ले।

बस सिंदूर से सजी माँग हो मेरी,
मुझे कोई और प्रमाण न देना है।
गहरे रिश्तों को भी पीछे छोडकर,
प्रेम के हक़ से संग आपके रहना है।

ना संदेह उत्पन्न करना अब,
गैरों के मन में है मुझको।
बस अधिकार है तेरा प्रिय,
अब तो मेरे पूरे जीवन पर।

ना बोझ लगे सिंदूर कभी मुझको,
अब बिंदिया-चूड़ी बहुत सुहाती है।
इस सुहाग की ख़नक तो दूर से भी,
प्रिय के मन में हरपल प्रेम जगाती है।

सोलह श्रृंगार करने को मुझको,
ये सिंदूर ही प्रेरित करती है।
मोटी कंगन पायल के घूँघरू को भी,
बेड़ियाँ कहने का हक़ नहीं किसी को देती है।

अपने जीवन की अंतिम घड़ी तक,
खूब सजते-सवँरते श्रृंगार करूँ।
अंत समय के लिए अभी से अर्ज प्रिय,
मैं माँग भरने की आपसे बारम्बार करूँ।

अपने प्रेम जुनून का हर वक्त़ मैं,
प्रदर्शन यूँ ही उन्मुक्त करूँ।
जब तक रहे यह जीवन मेरा प्रिय,
बस तेरे नाम के सिंदूर से अपनी मांग भरूँ।

मेरी नजरें, तेरे नज़ारे

ये नजरें है मेरी, नजारे हैं आपके,
पतझड़ है मेरा, ये बहारें हैं आपकी।
मैंने तो कुछ किया ही नहीं,
सारे इशारे हैं आपके।
नीले अंबर को जब भी देखूँ मैं,
ये चाँद है मेरा, सितारे हैं आपके।
संग आपके जब भी चलूँ,
तो महफिल में मेरी तराने हों आपके।
मन मेरा चंचल हो जाता है,
मेरे संग ना कोई होता।
इस दिवानेपन की बेखुदी में,
जमाना भी आपका।
संग मेरे तनहाई ही है,
संग साथी और आशियाने भी आपके।
मैंने अपनी चाहत को मिटा दिया।
मैं तो अभिलाषा हूँ ही,
हर ख्वाहिश और तमन्नाएँ भी आपकी।
हर तूफां भले आ जाए मुझपर,
ये सावन की एक-एक बूँद,
और फूहारें भी आपकी।

यूँ अचानक आपका

ख्यालों में मेरे आ जाना
अपने प्रेम की खूशबु से
मेरे मन को यूँ
महका जाना
अच्छा लगता है
ये सोच के मुझको
अदृश्य होके भी
आपका यूँ एकटक
मुझे ही देखते रहना
इन आँखों को भी
दे देते एक बहाना
बंद रहे या हो खुली
बस हरपल मेरा
यूँ आपको अपलक
निहारते रहना।

जो कल तक अंजान थे

आज पर्दे ही पर्दे में बात हो गयी,
फिर से तुझपे कुर्बान मेरी जान हो गयी।
मैंने पर्दा गिराया दिन से रात हो गयी,
इक हसीं-सी अपनी मुलाकात हो गयी।
प्रीत आँखों में भर के मैं चली झुमने,
अपने प्रियतम की खूशबु चली ढूंढने।
मैं डर से पीछे ही पीछे लगी घुमने,
वो होकर भी करीब लगे मुझसे रूठने।
ना खबर थी किसी को, सब अंजान थे,
मेरे जैसे ही महफिल के मेहमान थे।
बस ये हमें था मालूम हम एक-दूजे की पहचान थे,
आज दिलोजान हैं जो कलतक अंजान थे।

तू गीत मेरा तू ही प्रीत मेरा

है गुजारिश ओ सनम, तू मेरे मीत बन जा,
मेरे लब पे जो भी सजे, तू वही गीत बन जा,
आके मेरी जिंदगी में, साज तू संगीत बन जा।।
है गुजारिश ओ सनम.........................

गुजरे दिन तलाश में तेरे, तू ही मेरी शाम बन जा,
नाम मेरा मिट जो गया, अब तू ही मेरा नाम बन जा।
ना खबर दुनिया को मेरी, तू ही मेरी तलाश बन जा।।
है गुजारिश ओ सनम.........................

हार है मेरे जीवन में, तू आके मेरी जीत बन जा,
इस अँधेरी-सी दुनिया में, तू जिंदगी की ज्योत बन जा।
आसमां तू ही हो मेरे, अब तू ही मेरी जमीं बन जा।।
है गुजारिश ओ सनम.............................

मैं निराश टूट-सी गई, तू आके मेरी आस बन जा,
भटकूँ मैं तुझ बिन दर-ब-दर, तू मेरी तलाश बन जा।
धड़कन भी मेरी थमती रही, तू मेरी चलती साँस बन जा।।
है गुजारिश ओ सनम.............................

हूँ मैं तेरे पथ की अनुगामी

हूँ मैं तेरे पथ की अनुगामी,
निरंतर लिए मुझे चलना तुम।
तेरी दुःख की सहभागी बनूँ,
तेरी खुशियों को चौगुना कर दूँ।

तेरे जीवन की रक्षा को,
सजीवनी बन जाऊँ मैं।
बस विश्वास बनाए रखना यूँ ही,
कोई अग्निपरिक्षा न लेना तुम।

मुझे नहीं है दोहराना,
राम-सिया का वो मिलन।
दुःख-दर्द और संतापो में,
कट जाए जिनका जीवन।

चाहे मुझमें कितना विश्वास हो तुझको,
जगजाहिर भी करते रहना,
दुनिया भर के दिए इल्जामों को,
तू मुझको न यूँ सहने देना।

जो कोई शस्त्रों से या शब्दों से,
शत्रु तुझपर कभी प्रहार करे।
मैं शस्त्र तेरी रहूँ, बनी तेरी कवच,
पहले मेरा तो संहार करे।

अपने साँसों की अंतिम बेला तक,
मैं बस तेरा ही श्रृंगार करूँ,
तुझे सजा आँखों में काजल-सी,
मैं अपनी आँखों को बंद करूँ।

तुम हो मुझमें, मैं तुझमें हूँ

तुम हो मुझमें,
मैं तुझमें हूँ।
फिर भी हरपल,
निहारूँ तुझको।
तू बसे हो मेरे,
अंतर्मन में।
फिर भी क्यूँ,
पुकारुँ तुझको।
तेरे नयनों में,
कुछ बात तो है।
जो गीली होकर भी,
ताके है मुझको।
मैं खफा अगर,
हो जाऊँ तुझसे।
चुम्बक बन अपनी ओर,
खींचे है मुझको।
तेरे इस बर्ताव को मैं,
कहूँ प्रेम तेरा,
या पागलपन।
जो भी हो इसकी,
परवाह नहीं।
बस छू लेता है,
मेरा मन।
तुम हो मुझमें,
मैं तुझमें हूँ।

मेरी चाहत तू रहना

रहूँ चाहते तुझको मैं चाहतों तक,
चाहत रहे तू मेरी मुद्दतों तक।
हरवक्त दे दर पे दस्तक,
रहूँ मैं नतमस्तक।

दिल के दर पे आके चल तू,
संग धड़कनों के रास्तों तक।
चाहे जान कुर्बान करूं मुहब्बत में,
रहना संग मेरे तू सब हालतों में।

कभी ना कहना अलविदा,
तू ऐ मेरे हमदम।
प्यार ही प्यार देना,
मेरी नफरतों पर।

तू देते ही रहना,
निरंतर गम-ओ-खुशियां।
बस मांगती मैं रहूंगी,
तुझको अंतिम इबादत तक।

अपनी प्रेम कहानी ऐसी बन जाए

हे प्रिय! काश हमारी भी ऐसी ही,
प्रेम कहानी बनी रह जाए।
उम्र साठ के बाद भी,
ये साठ-गांठ अपनी,
और मजबूत बन जाए।

मैं तेरी आहट को पहचानूँ,
तू मेरी खामोशी भांप जाए।
तुझे तलब़ लगने से पहले,
कांपती हाथों से चाय लेकर,
तेरे ही सामने आ जाए।

भले कोई और नाम ना रहे याद,
दोनों के लफ़्ज संग 'शानू' कह जाए।
मेरी राह तकने से पहले ही,
तू मेरी नज़रों के सामने आ जाए।

आँखो पर तो चश्मा है तेरे,
मेरी आँखे भी ऐसी ही हो जाए।
धूँधली नजर से कुछ भी देखूँ,
तो बस तेरी ही छवि नजर आए।

कभी-कभी बच्चों-सा प्यार,
तू तब भी मुझको कर जाए।

अपनी कांपती उंगलियों से भी तू,
मेरे झूर्रीदार गालों को सहलाए।

मेरे उन सफेद बालों से भी तू,
मखमली रूई-सा एहसास पाए।
और चंपी करने के बहाने से तू,
हर-बार मेरे बालों को उलझाए।

तब भी मैं ही रूठूँगी तुझसे,
और तू हँसकर मुझे मनाए।
सफेद बालों से निकले मांग को
लाल सिंदूर से तू सजाए।

ये सब करके जब थक जाएँ,
तो दोनों संग-संग थम जाएँ।
मैं चिर निद्रा में सो जाऊँ,
तेरे बाहों में तुझसे पहले,
मेरे बाद फिर तू भी सो जाए।

अपने बच्चों के होठों से भी,
हम आदर्श युगल कहलाएँ।
प्रेम कहानी पर .....
यकीं करने को बच्चे,
हमारी ही डायरी के,
पन्नों को पढ़ पाए।

हे प्रिय! काश हमारी भी ऐसी ही,
प्रेम कहानी बनी रह जाए।

उम्र साठ के बाद भी,
ये साठ-गाँठ अपनी,
और भी मजबूत बन जाए।

कुछ ख़्वाब... कुछ तमन्नाएँ...

कहा है दिल ने मुद्दतों बाद,
आज तन्हा-तन्हा मिलेंगे उनसे।
थोड़े-से-शिकवे, थोडी शिकायत,
वे-वक्त पलों में भी करेंगे उनसे।।

मुझे तमन्ना हुई है आखिर,
इक खूबसूरत शाम संग गुजारें उनके।
बड़े हसरतों से दिल की छुपाई बातें,
इन मतवाले लबों से कहेंगे उनसे।
ये होंठ थोड़े शरमाये भले ही।
मगर इन कातिल निगाहों को,
नाम करेंगे उनके।

कभी मिले थे ख्वाबों में उनसे,
थी वो एक खुशनूमा गोधूली।
वो दूर बैठे करीब लग रहे थे,
हम निगाहों में बस गए थे उनके।
शुक्र खुदा का हम मिल लिए,
हो शाम जीवन की संग
सुबह हो उनके।

इजहार-ए-इश्क आपसे करूँ कैसे?

इजहार-ए-इश्क सनम,
आपसे करूँ कैसे?
आप बस गए हो दिल में मेरे,
मैं आपको खुदा कहूँ कैसे?

अपनी निगाहों में बसी तस्वीर को,
अब मैं खुद से जूदा करूँ कैसे?
बिन कहे अपने, दिल का दर्द,
दिल ही दिल में सहूँ कैसे?

आदत जो थी करने की, गूफ्तगू हमें,
अब इस आदत को, खुद से छूड़ाऊँ कैसे?
करने में गुजरती थी बातें, कभी हर लम्हा,
अब तेरे लफ्जों को सुने बिना रहूँ कैसे?

ना आ रहे खुद मुझसे, मुलाकात करने को।
अपने रूप को तेरी आँखो में निहारूँ कैसे?
मुश्किल है हर इक लम्हा काटना बिन तेरे,
अब ये जिंदगी बिन तेरे मैं गुजारूँ कैसे?

हे प्रिये! कि तुम मेरे हो

तेरी धड़कनों पे है नाम मेरा,
तेरी सांसो मे हैं मेरी खुशबू,
मैं सफर हूँ तेरी घनी छांव का,
तू धूप का टुकड़ा है मेरा।
अब तुझे मैं क्या प्रमाण दूँ,
हे प्रिये! कि तुम मेरे हो।

करूँ मैं मान मनुहार अब भी,
ले प्रेम की गुहार आई,
तुम भी मान जाओ हमदम
लगे प्यार मेरा क्यों तुझे कम?
अब तुझे मैं क्या प्रमाण दूँ,
हे प्रिये! कि तुम मेरे हो।

प्रेम का तरुवर लगाया,
आंसूओं से सींचकर,
मैं दर-ब-दर ढुढूँ तूझे,
काश! मेरा प्रेम ही लाए तुझे खींचकर।
अब तुझे मैं क्या प्रमाण दूँ,
हे प्रिये! कि तुम मेरे हो।

पलकें बिछाऊँ तेरे इन्तजार में,
न्योछावर करूँ सर्वस्व तुझपे।
अश्रुओं से सींच लूँ उन फूलों को,
जो अब तक खिले हैं दिल में मेरे।

सिंदूर-बिंदिया माथे की हो तुम,
हाथों की खनकती चूड़ियाँ हो तुम।
अब तुझे मैं क्या प्रमाण दूँ,
हे प्रिये! कि तुम मेरे हो।

न तेरा कोई मोल प्रियवर,
तू अद्वितीय-अनमोल हो।
मुझको प्रमाण मिल गया,
मैं हूँ निशा तू चाँद है।
अब तुझे मैं क्या प्रमाण दूँ,
हे प्रिये! कि तुम मेरे हो।

जरा रुक जा तो मैं संग चलूँ

ऐ हवाएँ जल्दी क्या है, पूरी नींद ले लूँ तो चलूँ,
दो अल्फाज प्यार के मैं, गुनगुना लूँ तो चलूँ।
देर हो तो देर ही सही, जरा उनसे मिल लूँ तो चलूँ,
वो राहों में हैं अकेले, जरा साथ दे दूँ तो चलूँ।
ऐ हवाएँ
जाना तो सबको है एक दिन, फिर मैं अकेले क्यों चलूँ,
करने दो खत्म इंतजार, तो फिर किसी के संग चलूँ।
तन्हाई से डरती हूँ मैं, आज रुको तो कल चलूँ,
अपनों का मैं क्या कहूँ, जरा गैरों से मिल लूँ तो चलूँ।
ऐ हवाएँ
खत्म हो गई काली रातें, पूरी बातें कर लूँ तो चलूँ,
वो छूपकर मुझको देख रहे थे, उनसे मुलाकातें कर लूँ तो चलूँ।
ऐ हवा तेरा संदेश मिला मुझको, पैगाम अपना उन तक पहुँचा दूँ तो चलूँ,
अपने खून के एक-एक कतरे से उन्हें प्यार लिख दूँ तो चलूँ।
ऐ हवाएँ
आई थी मैं तन्हा भले ही, ये समझ लूँ तो चलूँ,
नासमझी की ना हद है मेरी, कुछ उनसे पूछ लूँ तो चलूँ।
ऐ हवा दर्द जूदाई का तू क्या जाने, मैं महसूस कर लूँ तो चलूँ,
अपने हों या गैर सभी को, खुश कर लूँ मैं तो चलूँ।
ऐ हवाएँ
अब बहाने क्या बनाऊँ, बिन तेरे तन्हा मैं चलूँ,
शायद हम तन्हा ही आए थे, तो संग तन्हाई के मैं चलूँ।
गिले-शिकवे जो बाकी हैं दिल में, उनका अब मैं क्या करूँ।
आना कभी तू भी मेरे सनम,
मैं संग सितारों के तेरे इन्तजार में, आँखे अपनी बिछाए रहूँ।
ऐ हवाएँ

कभी-कभी

ओ सनम, कभी-कभी मेरा गुस्सा नहीं,
दर्द तुझपे बरसता है।
शांत आवेश हो जाने पर,
तुझसे मिलने को दिल तरसता है।
मेरा दिल तेरे दीदार को,
दर-दर भटकता है।
कभी कंटीली राहों में तो कभी,
मुसलाधार बारिश में तड़पता है।
राहों में बैठूँ इंतजार में तो,
ना जाने कब ये दिन ढल जाता है।
कब निशा घिरे, कब रैन बीते,
कब कलियाँ फूलों-सी खिल जाती हैं।
ये बाबरिया तेरे प्रेम में हुई,
क्या पता कब दिन बदले।
मेरी शीतलता को बिन समझे,
तू मेरे अंधियारों को इल्जाम दिये।
जमाने का अब मुझको तो डर ही न था,
तुम मेरी आत्मा बनकर भी
क्यूँ मुझको बदनाम किये।

अपना-अपना चाँद

ये गगन! तेरे चाँद की मैं तारिफें करूँ क्या,
मेरा चाँद भी तुझसे कुछ कम नहीं।
तेरा चाँद तेरे तारों से ही सजता,
मेरे चाँद में ऐसी, कोई बात नहीं।

कभी इतराता पूर्णिमा में तो,
कभी अमावस में रोता।
मेरा चाँद हर घड़ी एक-सा होता।
तेरा चाँद ढलता तो सुरज आ जाता,
मेरे चाँद को जाना मुमकिन नहीं।

तेरे चाँद को कभी बादल छीन लेता,
बदली में भी चाँद मेरा अंबर के तारे गिन लेता।
ये परियाँ रहकर भी देश में तेरे, तुझसे न मिलती।
मेरा चाँद परिलोक ला जमीं को सजाता।

दुआएँ करूँ मैं, तेरे चाँद से अक्सर,
मेरा चाँद मेरी हर ख्वाबों को सजाए।
वक्त का पाबंद तू बस रात तक ही टिकता,
मेरा चाँद अपना पूरा वक्त,
मेरे नाम करता।

तेरे चाँद की सफेदी में भी दाग है,
मेरा चाँद सांवलेपन में भी बेदाग है।

यही फर्क है, बस है इतना अंतर,
तेरा चाँद सजे अंबर में तो,
मेरा चाँद संग मेरे इस जमीं पर।

ये इश्क है क्या?

ये इश्क है क्या,
है इश्क ये क्या?
वफा की डोली मे
विदा करके भी,
अपने दिल को
है चैन कहाँ?
आराम कहाँ?
है तन्हा दिल फिर भी,
अपने प्यार का सही,
अंजाम कहाँ?
पाने में तुझको खोऊं,
खोने में समझूं पाना।
संग होते हो तो डर
जुदाई का अक्सर
ही मुझको सताता।
जुदा- जुदा तन्हाई में सोचूँ,
कि मिलन का पल
अभी आ जाता।
जो इश्क करे पागल हो जाए,
रक्तरंजित होकर भी चलता जाए
ये राह है ऐसी जिसमें राही
कभी भी रुक ना पाए।
चलने से ही मिलेगी मंजिल
दरिया में भी मिलेगा साहिल।
शुरुआत में तो मिलती है महफिल,

लेकिन अंतिम पड़ाव तक आते
हर मानव हो जाता है शिथिल।
इश्क में मिलती सबको यादें,
बिछड़ कर ही याद आएं पुराने वादे,
यादें कितनी मन में मेरे,
यादें कितनी मन में तेरे।
इस इश्क के पीछे भागे तो,
सब कुछ लूट कर इश्क ही,
बन जाते इश्क करने वालों के लूटेरे।

कैसा है प्रेम तेरा

वो कराह में, दर्द में भी
बस मेरे लिए मुसकाते हैं।
मुझको मुरझाया देख,
अफसाना गुनगुनाते हैं।

अपनी खूशबु से अक्सर,
मुझको महकाते हैं।
मेरी गुस्ताखियों को अपनाकर,
खुद मुजरिम बन जाते हैं।

कसम से मैं जान हूँ उनकी,
वो मुझपर जान लूटाते हैं।
जमाने से लड़, जंजीरों से
वो मुझको छुड़वाते हैं।

सबकी बुरी नजर से वो,
हर पल मुझे बचाते हैं।
मेरे सब अरमानों को,
वो अपनी उम्मीद बनाते हैं।

मुझ पत्थर को भी छू कर,
वो पारस बनाते हैं।
हीरा तो हीरा ही होता है,
हर लम्हा यही एहसास दिलाते हैं।

तुम जग में सबसे अपने लगते हो!

हर शाम शमां जलाती हूँ मैं,
तो तुम क्यों इसमें जलते हो।

दुनिया से क्या डरना अब,
तू चुपके से मुझसे क्यों मिलते हो।
मेरी जलती शमां बुझाने को तू,
क्यों तुफां बनकर आते हो।

बुझती है शमां मेरी तो तू,
अपने होकर भी मुझे डराते हो।
जमीं पर हूँ मैं संग तेरे फिर भी,
अंबर के ख्वाब क्यों दिखाते हो।

मेरे अरमानों को भुलाकर,
मेरे संग आँसु क्यों बहाते हो।
मैं तो हूँ एक नादान परिन्दा,
तू मुझे उड़ना क्यों सिखाते हो।

आसमां में उड़ जाने पर,
जमीं के दृश्य क्यों बनवाते हो।
हँसकर आँखों से कभी,
बिना कुछ कहे ही ताने देते हो।
मैं अपनी जिद पर रहूँ अड़ी तो,
मुझे प्यार से क्यों समझाते हो।
मेरी बिखरी जूल्फों को,

यूँ ऊँगलियों से सवाँरते हो,
ये कैसे रिश्ते बन जाते हैं जिनमें,
अजनबी होकर भी तुम मेरे,
इस जग में सबसे अपने लगते हो।

ऐसा प्यार है अपना

क्यों है उनसे मुझको अबतक,
इतनी मोहब्बत, इतनी लड़ाई।
क्यों ऐसा कि हैं मिलन भी मुझसे,
और फिर मुझसे ही है जुदाई।

ये कैसा है मिलन, है कैसी ये जुदाई?
जिसमें थोड़ा प्यार भी है, थोड़ी है रूसवाई।

वो कैसे पुरकशिश नज़ारे,
जो सजाये थे तुमने हमदम,
मगर मुझे उस वक्त न जाने,
क्यों लगता था सबकुछ कम-कम।

खुदा ये खेल रचा था तेरा,
सुख की भी ना कोई कमी थी,
होठों पर थी हँसी भी अक्सर,
आँखों में भी कभी नमी थी।

नूर मेरे चेहरे का

रोज इस गालिब का,
इक हुक्म नया होता है।
कभी मेरे नकाब तो कभी,
अंदाज से बदला लेता है।

मेरी हर आरजू, अरमान,
हवाओं से भी पूछता है।
मुझसे करके नफरत भी,
मेरी हर मुस्कान चुराता है।

मानता है खुदा मुझे,
मेरी तमन्नाओं को पूजता है।
मेरे गमों को रख सीने में,
मुझपर हर खुशी अपनी लूटाता है।

अश्क कभी आँखों के मेरे,
अपनी आँखों में छुपाता है।
कभी नजर में कैद कर अपने,
सबकी बुरी नजरों से मुझे बचाता है।

होकर जमाने से अंधा भी,
हर लम्हा मुझे निहारता है।
मेरे रुप को चाँद कह,
मेरे सौन्दर्य को निखारता है।

मेरे चेहरे का नूर क्यूँ,
उसकी आँखों में उतरता है।
होठों की सुर्खियों से,
यूँ तारिफ बन निकलता है।

शायद ऐसा पागल कभी,
दिवाना कहलाता है।
जो हर पल आसमां बन कर,
मुझ चाँद को ग्रहण से बचाता है।

याद में तेरी

तुझसे रूठकर भी,
रब से तेरी
फरियाद करते हैं।
तुझसे दुर हो कर भी,
हर पल तुझे ही याद करते हैं।

तेरी यादों के पिंजर में,
हर रोज हम फँसते हैं।
इन आँखों में तुझ प्रियतम की,
तस्वीर कैद करते हैं।
तू चलते रहते हो निरंतर,
हम तेरी राह तकते हैं।
तू लब से कह दे कुछ शब्द,
यही उम्मीद हम करते हैं।

बिन तेरे अपने जीवन को,
पतझड़ ही बुलाते हैं।
रहोगे हरपल बहार तू बनकर,
इस पागल दिल को
बार-बार हम समझाते हैं।
तेरी दूरियों से होकर भी खफा,
इस व्याकुल मन को रोक लेते हैं।

मन भले ही रुक जाए कभी,
इस समर्पित दिल को

रोक नहीं पाते हैं।
ये संबंध है अपनी भावुकता का,
जो कभी बदनामी भी सहता है।
पवित्र धरातल पर खड़ा होकर भी,
बेईमान कहलाता है।

मेरी तकदीर को मैं,
खुद ही परखूँ तो,
मुझे सिरफिरा बतलाता है।
मेरे भीतर तेरी तस्वीर का,
तजकीरा होता रहता है।

खण्ड-4
माँ
(जो कभी नहीं मरती)

मातृ दिवस पर

माँ आ जाओ ना फिर से
मेरे ही लिए जीने संग मेरे
जबसे होश संभाला मैंने
तबसे तुझको मेरे ही लिए
जीते देखा माँ
अब अपनी भी कुछ शौक, श्रद्धा को
पूरे करने तू आ जा माँ
नियम-धर्म वो वेद-पुराण
कब क्या करना क्या ना करना
तू सीखा गई बहुत कुछ माँ
जीवन के हर पन्नों को करा गई कंठस्थ माँ
तेरी फूल-सी नाजूक लाडली थी जो
तेरे जाते ही बच्ची से यूँ बूढ़ी बन गई
जिसे नहीं सुहाते हँसी-ठिठोली
मिलना-जूलना किसी से नहीं भाता
संग-संग मिलकर बातें करने अब
मुसकाने तू आ जा माँ..
मेरी जिद पूरी करने को
सपनों में तू आ जाती हो
अपनी लाडली को अपने हाथों से बने
पकवानों का अब भी स्वाद चखा जाती हो
बिटिया के सिर पर हाथ फेर
सारी पीड़ा को हर लेती हो
हँसी-ठिठोली कितनी बातें
सपने में ही कर जाती हो

अपने गोद में सिर रख मेरा
अब भी थपकी दे सुला देती हो
फिर आँख खुले जब मेरी तो
अंतर्ध्यान तू हो जाती हो....

तू ईश्वर से ऊँची है, माँ!

हे माँ! तू ईश्वर नहीं
ईश्वर से कहीं
उंचा है तेरा स्थान
ईश्वर से बढ़कर
प्यार दिया तुने
अपने खून से सींच
पाल-पोस कर
बड़ा किया
माँ तुने नहीं मांगी,
पूजा-अर्चना
ना ही तुम
नैवेद्यों की भूखी रहीं।
अपने बच्चों को
पकवान खिला
खुद खा लेती
रूखी-सूखी ही!
तू बस हंसती
बच्चों के संग
बच्चों के दुःख में
होती रही दुःखी।
ले लेती बलाएँ
बच्चों के सिर की,
अपने हिस्से की
सारी खुशियाँ की
बच्चों पर न्योछावर।

फिर अंत समय में
सो गईं चीर निद्रा में।।

आलिंगन दिवस पर माँ को याद करते हुए

तू नहीं तो आज भी,
तेरी साड़ियों से लिपट..
तेरी खूशबू
महसूस कर लेती हूँ...
अकेलेपन में ही रो कर,
तेरे संग ही अब...
कुछ लमूहों को
ऐसे जी लेती हूँ...

जिंदगी का पहला आलिंगन
माँ से ही हुआ

माँ, जो कभी नहीं मरती

माँ तो कभी नहीं मरती है,
फिर भी एक दिन अचानक से,
सब छोड़ यहीं खुद कहाँ चली गई।
है मुझको विश्वास अब भी कि,
माँ तो कभी नहीं मरती है।

इस भागदौड़ भरे जीवन में,
माँ तुझे मिला नहीं आराम कभी।
शायद बची साँसें इकट्ठी कर के,
किसी और दुनिया में चली गई जीने।

सारी फिक्र, सारी चिंताओं को,
तू आजीवन खामोशी से ढोती रही।
अपने हर सुख अपनी हर खुशी को,
तू औरों पर न्योछावर करती रही।

माँ तू तो बस गई हो मुझमें,
मेरे हर हूनर, हर ज्ञान में।
माँ तू बसती हो अब तो,
मेरे बच्चे के लालन-पालन में।

माँ तो कभी नहीं मरती है,
माँ तू जिंदा हो अब भी मुझमें।
मेरी हर बात में,
सोती-जागती हर रात में।

मेरे ख्वाबों में, ख्यालों में,
मेरे हर जज़्बात में।
माँ तू अब भी जिंदा हो,
क्योंकि माँ तो कभी नहीं मरती।

माँ तू पास बैठकर अब भी,
मेरे साथ ही भोजन करती हो।
मेरे बनाए खाने का,
चुपके से स्वाद बढ़ा जाती हो।

मेरे घर के हर कमरे क्या?
तू तो हर कोने में मुसकाती हो।
मुझे अकेला मायूस देख संग मेरे,
मेरी हर बात पर खिलखिलाती हो।
तब यकीन और गहरा हो जाता है,
कि माँ तो कभी नहीं मरती है।

हो सके तो लौट आओ माँ

बीत गए हैं अब दिन बहुत,
जीना तुझ बिन है कठिन बहुत।
मेरी जिद समझो या पागलपन,
हो सके तो अब लौट आ माँ।

माँ वो तेरी ममता की खूशबू,
उन साड़ियों से अब भी आती है माँ।
जो मेरी कसम देने पर अपने,
तन से लपेटा था तुने माँ।

अब भी तेरी कुछ बातो पर,
हँसते-हँसते रो देती हूँ मैं,
संग बिताए पल को अकेली,
याद कर तेरे संग जीती हूँ मैं।

माँ तेरी अमृतवाणी को अक्सर,
सपनों में ही अब तो सुनती हूँ मैं।
तुझसे बातें करने की लालच में,
खुली आँखों से भी सोती हूँ मैं।

इस लाडली की जिद पूरी करने को,
तू कितनों से संघर्ष करती थी माँ।
बहुत जी लिए तुझ बिन अब तक,
हो सके तो तू अब लौट आ माँ।

तेरी नन्ही परी क्या से क्या हो गई,
तेरे जाते ही बच्ची से बूढ़ी बन गई।
तू अपनी मुरझाई फूल को खिला दे माँ,
हो सके तो तू अब लौट आ माँ।

माँ तू आत्मा है मेरी

माँ तू आत्मा है मेरी,
मैं आत्मजा हूँ तेरी।
काश! कि ऐसा हो जाता,
मैं माँ बन जाती तेरी!

माँ-बेटी का वो रिश्ता,
फिर से जीना है मुझको।
अपनी शरारतें वो मासुमियत,
माँ तुझमें देखनी है मुझको।

माँ तेरे दुःख-दर्द, बहुत हैं देखे मैंने।
तेरी होंठो पर वो खिलखिलाहट,
अब देखनी है मुझको।
वो तेरी जिद, वो रूठना-मनाना,
वो भी देख पाती मैं फिर से।
काश! कि ऐसा हो जाता,
मैं माँ बन जाती तेरी!

थपकी देकर तुझे सुलाना,
अपने हाथों से तुझे खिलाना।
ले गोद में वही गीत सुनाना,
माँ संग तेरे फिर से जी लेती।
काश! कि ऐसा हो जाता,
मैं माँ बन जाती तेरी!

माँ मुझको भी मौका दे,
तेरे हर शौक मैं पूरा करती।
अपनी बाहों में तुझको भरकर,
तेरी हर वेदना को मैं हर लेती।
काश! कि ऐसा हो जाता,
मैं माँ बन जाती तेरी!

तुझे नजर का काला टीका लगाती,
वो निश्छल प्रेम तुझे कर पाती।
अपनी बाहों में तुझको भर कर,
तुझे अपने दिल में,
छुपने की जगह दे देती।
काश! कि ऐसा हो जाता,
मैं माँ बन जाती तेरी!

आज लगा फिर वैसा ही कुछ

माँ,
आज फिर से
पहले की भाँति
हम साथ ही थे
परोक्ष रूप से ही सही
मगर कुछ ऐसे
महसूस किया तेरा स्पर्श ....

सुबह की खूशबू फैलाती
उन हवाओं से ही नहीं
चीड़ियों की चहचहाहट
पौधों की गूफ्तगु में भी
तेरी मधुर आवाज सुनी....

मोर को पंख फैला
नाचने को आतुर देखा
जहाँ से बैठ हम दोनों
सुन हर्षित होते थे
मोर-मोरनी का
संग में कुहकना.....

वो दूर खंभे के उपर
दो मैनों को भी वैसे ही
बतियाते देखा था मैंने...
वो बातें उन्हें देखते ही

अनायास याद आ गई....

जो हम आठ बरस पहले
संग करते ही खुश होते थे
यही बातें न की जोड़े में
पक्षी को देखना शुभ होता है

कैसा शुभ माँ?

जब तू ही नहीं हो संग
नहीं भाता अब ये माहौल
खुशनुमा होकर भी अब सब
विराना-सा लगता है मुझको

फिर भी मन को बाँधकर
अकेली ही आठ बरस पहले के
उन लम्हों को जीने जाती हूँ...

क्योंकि सुबह के शुद्ध
वातावरण में चारों ओर
मैं अकेली प्रकृतिक छटा में भी
तुझे खुद के बहुत करीब पाती हूँ....

आज भी तेरा वही स्नेह महसूस करती माँ

जब तुम थी माँ

तब कितनी अकड़ होती थी मुझमें,
तू जब मेरी चिंता, मेरी परवाह करती थी माँ।

छुपा कर नजर का काला टीका लगाना,
वो चुपके गले में ताबीज पहनाना।
जाने क्यूँ तब मुझको वो सब,
बहुत पुराना लगता था माँ।

आज आधुनिकता में कुछ ऐसी झलक,
देखने को दिल तरस जाता है माँ।

वो प्यारी बिटिया दिखने पर तेरी,
अपलक निहार तेरा थूकथूकाना।
और मेरे मुँह बनाने पर मुझको,
आँखे दिखा तेरा नजर उतारना।
सच! आज वो सब बहुत याद आता है।

वो लाल-काले धागों के ताबीज को भी,
कभी गले कभी हाथों में पहनाती थी।
तब कितनी जिद अकड़ मुझमें होती थी,
जब तू मेरी चिंता मेरी परवाह करती थी माँ।

आज तरसती हूँ मैं हर लम्हा,
तुझको अपनी हाल बताने को।
अब किसे सुनाऊँ बातें अपनी,

तुझ बिन अब तो अपने भी गैर से लगते हैं।

तेरी कुछ बातों को याद कर अब भी,
हँसते-हँसते रो देती हूँ माँ।
तुझसे बातें करने के लालच में,
खुली आँखों से भी सोती हूँ माँ।

माँ तुम बिन मैं हुई अकेली

अब मैं इस जन्म की क्या कहूँ,
कुछ तो पूर्वजन्म का दोष है माँ।

पाकर इतने करीब से खोने का तुझे,
मेरे मन में उमड़ता कितना रोष है माँ।

कभी खुद को सुहाती खुद ही ना मैं,
तुझ बिन बस अधुरा एहसास है माँ।

यह है मुझको भी अब ज्ञात फिर भी,
कि तू दूर होके भी मेरे कितने पास है माँ।

मेरी नसों में बूँद-बूँद बन बहती,
मेरे रक्त की तुम प्रवाह हो माँ।

तेरी छत्रछाया में थी खुशियों से लिपटी मैं,
आज तुझ बिन पास मेरे ग़म अथाह है माँ।

माँ तू जन्मदाता

माँ तू जन्मदाता
तू कर्मदाता
तू ही मेरी भाग्यविधाता।
माँ, तुने ही मेरी तकदीर बनाई
हर दुःख मेरा खुद में समेटा।
न आता ये पल कभी,
दूर होकर भी मैं हरपल,
संग तेरे ही रहती माँ।
तेरी आवाजें मीठी-सी अब भी
मेरे कानों में अमृतरस घोलती माँ।
तू ओझल होकर भी इस दुनिया से,
मुझसे अब भी बहुत कुछ बोलती हो माँ।
सत्मार्ग पर अग्रसर करती,
कुमार्ग पर जाने के पूर्व ही रोकती हो।
तू दूर होकर भी मुझसे लिपटी रहती,
मेरे बुरे कर्मों पर टोकती है माँ।
कभी तेरा पुष्प-सा खिला चेहरा,
मेरे हर दर्द को हर लेता था माँ।
आज ये कैसी घड़ी आयी है कि,
मुझे तेरे चरणों में,
पुष्प अर्पण करना है, माँ!

कैसी हूँ मैं

हमेशा से पूछे जाने पर कि 'कैसी हो'?
हर बार ये जवाब कि 'अच्छी हूँ!'
–सही तो नहीं!

एक ही तो सच्चा रिश्ता होता है
जिससे सच कभी छुप ही नहीं सकता।
लेकिन जी लिया है पहले ही
उस रिश्ते को वर्षों तक मैंने।
अब तो वह रिश्ता संग मेरे रहा ही नहीं।
प्यार और परवाह का वह अनोखा रिश्ता,
जिसे कहती थी मैं माँ।

इस रिश्ते को कुछ बताने की
जरूरत ही नहीं होती थी,
भांप लेती थी माँ!

मेरी आवाज के कम्पन से....
मेरे बोलने के ढर्रे से...
मेरे अंदर का सच,
मुझसे मीलों दूर रहते हुए भी।

और रिश्ते भी हैं बहुतेरे,
जिनसे रोज का है मिलना।
दिलचस्पी भी है जिन्हें ये जानने में की
कैसी हूँ मैं इन दिनों।

इनके द्वारा पूछे जाने पर
'अच्छी हूँ'...बता देती हूँ मैं,
ये सोच कर कि मेरे दुखों की दास्तान
बस ऊब ही पैदा करेगी उनमें।

माँ थी कि जिसे मुझसे मेरी हालत
पूछने की जरूरत ही न थी।
और लोग हैं जिनसे अपनी हालत
बताना ही जरूरी नहीं लगता मुझे।

माँ, याद आती है तू मुझको

माँ याद आती है तू मुझको,
हर खुशी हर गम में।
तुझ बिन दिन में भी लगता माँ,
ज्यों जी रही हूँ तम में।

जब मैं थी तेरी नन्ही परी,
एक पल भी आँखों से,
ओझल ना होने देती थी।
ज्यों हुई थोड़ी-सी ही बड़ी,
मुझे छोड़ तुम इतनी दूर गयी।

कब याद करूँ स्पर्श तेरा,
कभी भूल ही नहीं पाती हूँ।
बिन तेरे ना कोई अपना है,
हर सुख हर शौक एक सपना है।

जब-जब सावन आता है माँ,
मुझको बहुत रुलाता है माँ।
सिन्दूर, बिंदी और हरी चूडियाँ,
देख दिल छलनी हो जाता है माँ।

दिखावे को हँसती हूँ,
सबसे मिलती-जुलती हूँ।
हूँ मैं घिरी हुई काँटों से फिर भी,
अपनों के लिए ही खिलती हूँ।।

माँ कहाँ गई तुम आ जाओ

माँ कहाँ गई तुम आ जाओ,
अब बीत गए बरस तुम आ जाओ।
तम से डर जाती थी.....
हर आहट से सिहर जाती थी....
क्या हुआ अगर मैं भी एक माँ हूँ?
तेरी ही आत्मजा हूँ!

आँखों में अश्रु ले के भी हँसना,
वेदनाओं को दिल में ही सहना।
मेरे दर्द में छुपकर आँहे भरना,
येसब मुझको भी सिखला देती....

माँ सपनों में भी सुनती हूँ,
तेरी आवाजें वो मीठी,
नींद खुले तो रोती हूँ,
माँ क्यों हो तुम मुझसे रूठी?

सखी सा साथ निभाती थी,
गुरु सा पाठ पढ़ाती थी,
निश्छल ममत्व की थी स्वरूप जो,
निस्वार्थ भाव से प्रेम लूटाती थी।

तस्वीरों में ही क्या कहूँ,
हर जगह तेरी ही छवि दिखती है,

पल-पल लगता है ऐसा, माँ!
कि दूर होकर भी मुझसे,
तू मेरे इर्द-गिर्द ही बसती हो!

खण्ड-5
अपने चारों ओर
(उर्फ़ः सामायिक घटनाओं की अभिप्रेरणा से प्रस्फुटित कवितायें)

किसको दें दोष?

वे मजबूर
माता-पिता
अब किसको
दोष दें?
हैसियत भी
ऊँची नहीं,
किस पर प्रकट
अपना रोष करें?
सो रही है
सूबे की सरकार।
विश्व भ्रमण
पर निकला हुआ है
सरकारी आलाकमान।

किसे सुनाएं
व्यथा अपनी?
किससे लगाएं
अपने बच्चों के जान की
गुहार ...

उनको है बस
अपनी गद्दी से प्यार,
वो क्यों कराएं
औरों के बच्चों के
उपचार।

न आना इस देश लाडो

ट्विंकल के लिए,
गर्भपात को रोक
क्यूँ अब तक
लगाती आ रही
अस्पताल,
कहाँ सो रही सरकार
क्यूँ खर्राटे ले रहा
अब तक ये प्रशासन
ढाई साल की हँसती
खिलखिलाती फूल पर भी
नंगी तलवार लटक रही होती
कितना भी बचकर रहे
उसे ध्वस्त करके ही दम लेती

काश! कि जन्म ही न लेती
तो सुरक्षित रह जाती
अधखिली फूल-सी ये बेटियाँ.......
तू न आना इस देश मेरी लाडो

रौंदी जाती नन्ही कलियाँ

नन्ही कली को
देख रौंदे
जाते हुए
काश
इस युग में भी
अब कृष्ण ही
अवतार लेते?

देख कर
ऐसा हश्र
भयावह
फिर से
कंस-सा
संहार करते?

मजदूर दिवस पर

यह दिन मुझको
याद दिलाता
उन श्रमिक
महिलाओं की भी
जो मजदूर भी थी
मजबूर भी थी
दिन भर खटती
कोल्हू के बैलों-सी
बिना दो पैसे
की दिहाड़ी के
जो अपनों के
स्वार्थ की खातिर
हो बारिश या
तपती धूप
बिना थके ही
दौड़-भाग कर
सबकी जरूरतों
को पूरा करतीं।
पेट भले ही
धँस जाए
पर पाँवों को न
थकने देती...
गरीबी की मार भी
वही
सबसे ज्यादा सहती...

अपने बच्चों के मुँह देख
वो मर कर भी
हर पल जीती जाती।
दिन तो कट जाता
बची-खूची ही खाकर
फिर रात को अक्सर
भूखी ही सो जाती..।
शायद उन मजदूरनियों
के लिए कोई दिवस
हुआ न अब तक!

धरती का कर्ज़

जिस धरती पे हम जन्म लिए,
जिस धरती ने हमको पाला है।
उस धरती को कुछ भी दिए बिना,
छिना धरती से उसका निबाला है।

काट-काट कर वृक्षों को हमने,
इसी धरती पर महल बनाया है।
फिर धरती को बहलाने को हमने,
घर के गमलों में वृक्ष लगाया है।

कभी चलाती शीतल पवन के झोंके,
तो सर्दियों में मीठी धूप खिलाती है।
कभी बारिश की बूँदों से खुश होकर,
अपने ही तन पर फसल उगाती है।

जिंदगी जीने को हर पल साँसे देती,
हवा, जल, भोजन भी हमें दिलाती है।
जात-पात, धर्म का भेद भूला अंत में,
अपनी गोद में ये सबको सुलाती है।

कृषकों की व्यथा

किया मौसम ने ये कैसा,
कृषकों के संग क्रूर मजाक।
हुई सोने-सी तैयार फसल,
बस पल में ही हो गई खाक़।

जब आस लगाता बारिश की,
तो झेलने पड़ते सूखे की मार।
बारिश ओले की कहर से अब,
अन्नदाता का उजड़ गया संसार।

हुई मिट्टी पानी से तैयार फसल,
बारिश से मिट्टी में ही मिल गई।
कितनी ख़्वाहिश कितनी उम्मीदें,
गीली मिट्टी में ही दफन हुई रह गई।

इस दौर की नारी हूँ मैं

अब सोचती अक्सर हूँ मैं
फिर भी पता ना कौन हूँ मैं
हर रिश्तों को जीती हुई
कितनों से बिछड़कर भी
न जाने कितनों से मिलती हुई
हर बदलाव को स्वीकारती एक स्त्री हूँ मैं
हूँ हर खुशियों की खिलखिलाहट
हर गम में भी हिम्मत हूँ मैं
हैरानी में भी हाथ थाम
हर बेचैनी की राहत हूँ मैं
कभी प्रिय की धड़कनों में
तो कभी बच्चों में समाहित हूँ मैं
घर की अपनी शान हूँ मैं
घरवालों की तो जान हूँ मैं
फिर भी क्यों अक्सर सोचती
क्या पता कि कौन हूँ मैं
प्रिय का दर पे दस्तक देते ही
उनके होठों की मुसकान हूँ मैं
सूखे लबों को राहत देती हुई
पानी भरा एक ग्लास हूँ मैं
छोटी-बड़ी उलझनों को भी
सुलझाने की एक आस हूँ मैं
कभी सोचती की कुछ नहीं
फिर भी कितनी खास हूँ मैं
सुबह के चाय से होती

शुरू जिम्मेदारियों को
रात के भोजन के बाद
दूध पर खत्म करती हूँ मैं
रोजमर्रा की हर जरूरतों से
मुसकरा कर ही जूझती हूँ मैं
अपना महत्व अपनी नजर से
व्यवस्थित घर को देखती हूँ मैं
अस्वस्थता में भी अपनों की
प्रेम-परवाह महसूस करती हूँ मैं
चाहे लाख कोई कह दे मुझसे
है क्या वजूद मेरा यहाँ
कभी आसुओं से भीगती हुई
अपने जीवन के बागों को सींचती हूँ मैं
कभी हौले-हौले आसान रास्ते,
तो कभी पथरीली रास्तों में भी
अपने जीवन के गाड़ी को खिंचती हूँ मैं
अपनों के नजर में प्यार देख
टूट कर भी फिर से खिलती हूँ मैं
कुछ नहीं होकर भी जाने क्यूँ
अपनो के लिए इतनी खास हूँ मैं

ऐ मेरे वीर जवानों

ऐ मेरे वीर जवानों अपनों के,
अब हर रात सपनों में आ जाना तुम..
अपनी माँ के गोद में,
सर रख अब भी सो जाना तुम..

वृद्ध पिता पर छोड़ी जिम्मेदारी को,
आगे की राह दिखाना तुम...
भाई-बहन के संग पहले जैसे ही,
हँसकर बातें कर लेना तुम...

सूना है रूप सजनी का, बिना श्रृंगार के,
उसकी माँग को भर ख्वाबों में आ..
रूप सोलह श्रृंगार से सजाना तुम...

अपने जिगर के टूकड़े को उठा गोद में,
लाड-प्यार जी भरके कर जाना तुम...

दूर पड़े टूटे खिलौनों से,
बच्चों के संग-संग खेल खिलखिलाना तुम..
हकीकत में सब छूट गया पर,
खूवाबों में आ ऐसे रिश्ते निभाना तुम...

शहीद

माँ भारती पर शहीद हुए उन वीर जवानों को श्रद्धांजलि देते हुए,
बेटियों के विदा होने पर भी,
खुशियाँ दस्तक़ देती है...
आँखों में खुशी के आँसू
दिल में कितने अरमान पलते हैं...

बेटों का विदा होना
कुछ यूँ हमें अख़रता है..
उजड़ जाती है सुहाग कितनों की,
दुध मुँहे बच्चे बिलखते रह जाते...
भाई-बहन की आस भरी आँखे..
आँसुओं से भर जाती है...
टूट जाती कमर वृद्ध पिता की तो...
कितनी माँ की गोदें सूनी हो जाती है...

हे भारत माँ! अपनी भूमि के,
इन बेटों पर भी तरस खाओ...
आधी-अधूरी उम्र में ही,
अपनी गोद में सुलाने को..
अपनी बाँहे यूँ मत फैलाओ..
अपने बच्चों की रक्षा के खातिर
उन दरिंदों का तू ही अब संहार करो...

सोशल मीडिया के बीच जिंदगी अपनी

सोशल मीडिया इस युग में,
बड़े काम हमारे कर जाती है।
यह तीव्र गति से समाचारों को,
सबके घरों तक पहुँचाती है।

यह घटित हुए घटनाओं से भी,
हर पल अवगत हमें कराती है।
कई बिछड़े हुए परिवारों के भी,
बच्चों को उनसे मिलवाती है।

कुछ घटनाओं को बतलाकर,
हमें आगाह कर जाती है।
कई खतरनाक मुजरिमों को,
हवालात तक भी पहुँचाती है।

नेताओं की काली करतूतों से,
जनता को अवगत कराती है।
कठिन परिस्थितियों में भी,
हमारे काम यही आती है।

भूले-भटकों को भी नक्शे से,
राहें बता मंजिल तक पहुंचाती है।
हर मुश्किल में गूगल भी तो,
हमारे काम चुटकियों में कर जाती है।

हो शिक्षा या नौकरी से ही जूड़े सवाल,
सबके जवाब हमें पलभर में दे देती है।
किसी एक विषय की ट्यूशन ही क्या,
ये हर विषयों के गुरु से हमें मिलाती है।

कोई भी ना हो जब संग,
किसी मोड़ पर अपने।
तब अकेलेपन में भी,
हमें समूह से मिलाती है।

हर उम्र के लोगों के लिए,
यह वरदान कहलाती है।
कई जटिल समस्याओं का,
पल में सामाधान कर जाती है।

दिल्ली का यह हाल

ये कैसी हवाएँ चल रही है?
अपनी बेबसी बयाँ खुद कर रही है।
आसमाँ भी अब कुम्हला उठा है,
सुर्य भी धुँधला उगा है।
पेड़-पौधे भी प्रश्न पूछते से?
फूल व्याकुलता से खिलते क्यों?
रहा फैलता कारखानों का कैसा जहर ये?

रहती हर चमक से चकाचौंध दिल्ली,
हर चमक पर लगी कालिख-सी ये।
किये बंद जिसने भी स्कूल सारे,
वो दफ्तरों की क्यों न सोचते हैं?
सर्दियों के ठिठुरती धूँध में अब,
अपने परिवार के होते हैं जो धूप।
उन पर भी तो होगा असर,
जो परिवार की गाडियों को खिंचते हैं।

बिमारी साँस की होती है अब तो,
उम्र में बड़े लोगों को खूब।
साँसों को महफूज करने को अब,
उन साँसों को भी अब आराम दो।
दफ्तर के काम को ज्यादा नहीं,
बस दो दिन का तो विराम दो।
ये कैसी हवाएँ चल रही है?
अपनी बेबसी बयाँ खुद कर रही है।

फेसबुक की दुनिया

बँटवारे तो तब भी हुआ करते थे,
जब फेसबुक और व्हाट्सएप नहीं थे।
तो फिर डूब कर भी इसमें लोगों ने,
सोशल मीडिया को बदनाम कर दिया।

रिश्ते तो तब भी बिखरा करते थे,
जब सब मिल कर रहते थे।
वरना इस दुनिया में लोग
खुशियों से जलकर अपनों से ही
यूँ मुँह फेर न लेते।

कितने भी धोखे-दर्द रहें,
गहरे-से-गहरे रिश्तों में भी।
इस फेसबुक के जरिये,
हम उनसे आज भी मिलते हैं।

अगर रिश्ता बस अपनों से रखना होता,
तो यह दुनिया चल ही नहीं पाती।
फिर तो हमें उन चार लोगों से ही,
रिश्ते खुद्दारी से निभाने होते।
जो अंत समय ढोकर कंधे पर,
श्मशान तक भस्म करने को ले जाते।

हम इस भीड़ में भी रहकर,
दुश्मनों से मारकाट न करते।

कुछ बोले बिना ही अहितों को,
अमित्र या ब्लॉक कर देते।

फेसबुक की दुनिया के लोगों पर तो हम,
कोई एहसान नहीं करते।
बस लाईक, कमेंट्स के बदले,
लाईक, कमेंट्स कर देते।

जो कोसते हैं सबसे ज्यादा,
वही इसमें तल्लीन रहते हैं,
औरों को देख खुश इस पर,
क्यों खुद ही खिन्न रहते हैं।

खण्ड-6

प्रकृति और परिवेश

(उर्फ़: रात-चाँद-फूलों की बातें)

ये मेरे दिन और वो मेरी रातें

डूबते सुरज की लालिमा संग,
एक खूशनुमा शाम आई।
सारे परिन्दे उड़ चले,
उन्हें लगा की रात आई!

दूरियाँ हम क्यों बढाएँ,
फिर प्रणय की रूत आई।
मैं तो गोधुली में भी,
कुछ खुदा से माँग आई।
इस शाम की बेला में,
मैं घर में शमां जला आई।
अफसोस हुआ हमें जब,
बिन कुछ पाए ही लौट आई!

इन अंधियारों में हमें,
क्षण-क्षण में ही प्यास आई।
दूर था हमसे किनारा,
फिर भी मैं साहिल के पास आई!

आँखे बस बंद हुई ही थी,
कि ख्वाबों में तस्वीर आई।
हमने सोचा रात है गहरी,
तभी अचानक भोर आई।

सारे परिन्दे बोल-गाकर,

मुझे जगाने मेरे पास आए।
ना़ चाहकर भी अपने,
ख्वाबों से मैं लौट आई।

उगते सुरज की लालिमा
संग अपने ऩया उत्साह लाई।
फिर अपनी दुनिया में,
मैं भी रूठकर लौट आई!
फिर चिलचिलाती धूप,
मुझे पसीने से सराबोर कर गई।
हल्की हवा के झोकों से,
मुझमें स्फूर्ति भर गई।

आँखों में मेरे इन्तजार था,
कि फिर खुशनूमा शाम आई।
ये बातें तो दिन की थी,
फिर अंधेरी रात आई।
यही कहानी है मेरी,
कभी अंधेरे में भी रह ली,
कभी उजाले को मैं साथ लाई।

आज के पूरे चाँद को देखो

आज के पूरे चाँद को देखो,
आज की पूरी रात को देखो।
अलसायी आँखों को जगा दिया है,
खुद उसकी लुका-छिपी को देखो।
आज मुरादें सारी होंगी पूरी,
कोई भी अरमां ना बचेगी अधुरी।
खुशियाँ मांगो तू अपने वास्ते,
अपने गम को छोड़ दे मेरे रास्ते।
मैं तो गम में डूब चुकी हूँ,
इस अंधियारी रातों में खो चुकी हूँ।
बड़ी बेचैनी के बाद तम ढलता,
हर पूर्णिमा को भी अमावस ही लगता।
कभी चाँद अंबर का बादल में छूपता,
फिर तेरी निगाहें क्यों मुझपर ही रहती।
मैं तो तेरा चाँद नहीं,
हूँ उजड़ा चमन आबाद नहीं।

मुझको बुलाकर चाँद ओ साथी,
चाँद को इतना न करो बदनाम ओ साथी।
मुझ निशा को निशा ही रहने दो,
आँखों से निर्झर अश्कों को बहने दो।
डूबो नहीं तुम इस दरिया में,
साहिल भी दूर ना कोई नईया है।
एक नाव बची है भी तो,
ना है इसका पतवार ओ साथी।

अब तो किसी की बातों पर,
मुझको ना रहा ऐतबार ओ साथी।
शायद कभी बनूँ मैं चाँद किसी की,
मगर ना भुलूँगी दीदार
इस ईद के चाँद की।

पूर्णिमा की चाँद से गुफ़्तगू

ये चाँद मुझे तू
ऐसे न देख
एक दिन तेरे
पास मैं आऊँगी
थोड़ी-सी जमीं के
टुकड़े खरीद
उस पर ख्वावों के
महल बनाऊँगी
जमीं पर इंसानों
में है स्वार्थ बहुत
मैं निःस्वार्थ हो
पास तेरे आऊँगी
स्वरूप हूँ मैं निशा की
तेरी चाँदनी से मैं बदलूँगी
तेरे प्यारे-से रूप में
है दाग तो तुझे
आकर बेदाग बनाऊँगी
कोई कमी ना रहे
इसमें तो तुझे तारों
से मैं तो सजाऊँगी

ऐ पुष्प सदाबहार के

जिंदगी होती अपनी भी तुझ-सी,
ऐ पुष्प सदाबहार के।
हर मौसम में खिलती ही रहती,
बस स्पर्श पाती प्यार के।
ना खूशबू से खुश किसी को करना,
बस खिल कर चाहत बनती संसार के।
जिंदगी होती अपनी भी तुझ-सी,
ऐ प्यारे पुष्प सदाबहार के।
ना जरूरत सजने की होती,
ना चाहत रखती श्रृंगार के।
बस हर पल प्रेम-स्नेह ही पाती,
ना भाषा सुनती तकरार के।
बस तुझ-सी सजीवनी ही बन पाती,
इंसानों की हर वेदना हर पीर के।
शायद सय्यादों के निशाने से बच पाती,
ना घायल हो पाती मैं किसी भी तीर से।
भले कुछ दिन ही जी पाती,
जिंदगी को संग अपनों के प्यार से।
मैं भी कुछ-कुछ तुझ जैसी ही होती,
ऐ प्यारे पुष्प सदाबहार के।

बुनकर पक्षी का जीवन

ये बुनकर पक्षी तू कैसे?
बुन लेती है अपने घोंसले को,
मुझको भी सिखला जा अब तू,
सपने बुन बढाने हैं अब तो
मुझको अपने हौसले को।

कैसे ये छोटे-से नीड़ से,
अपने घर को महल बना देता है।
बिना बेईमानी, मक्कारी के,
एक घर से गाँव बसा लेता है।

यह तो पक्षी होकर भी,
एक समाज नया बनाता।
मिलजुल कर सबके संग रह,
एकल नहीं कभी इसे भाता।
अपना घर अपना परिवार,
ये तो हर पल सब समझता।
इंसानों से बेहतर बनकर,
हर जिम्मेदारी को निभाता।

ये बुनकर पक्षी भी प्रणय से पूर्व,
अपने घर को तैयार कर लेता।
और प्रकृति को सुंदर बनाने को,
बारिश का संकेत भी दे देता।

ये बुनकर पक्षी तू तो,
ज्योतिष विद्या का ज्ञानी कहलाता।
अपने निबटा कर काम सभी,
खुद रंग बदल सिर गर्दन के संकेत से,
किसानों के जीवन में बारिश ला
तू नये रंग भर जाता।

काश! मुझको भी खुद की विपदा का,
आभास पहले से हो जाता।
ये अद्भुत पक्षी तेरी कारिगरी,
अब तो हमें बहुत भाती।

ये तो पक्षी होकर भी,
मादा की जिद का मान रखता।
नापसंद हो नीड़ उसे तो,
मादा संग मिलकर पुनः बनाता।

हो बारिश धूप या हो शिकारी,
ये सबसे अपना परिवार बचाता।
ताड़-खजूर के पेडों पर भी नीड़ बना,
खुशहाली से जीवन अपना बिताता।

चींटियों का जीवन

बड़े-बड़े दिग्गज को भी ये,
लड़े बिना ही धूल चटाती है।
ये छोटी-छोटी चींटियां भी,
पल में क्या-क्या कर जाती हैं।

ये सूक्ष्म कण-सी होकर भी,
पर्वतों में छिद्र बना जाती हैं।
हम इंसानो की ही क्या कहूँ,
ये ऐरावत को भी घूटने पे लाती है।

दिखती भले ही छोटी-सी मगर,
ये बड़े-बड़े कारनामे कर जाती हैं।
नाम और काम है तीखी मिर्ची-सी,
मगर ये मिष्ठान्नों में उलझी रहती है।

इनके भी कुछ रंग अलग,
कुछ अलग ही रूप होते हैं।
काली चींटी होती शांत बहुत,
तो भूरी और लाल के नखरे क्या,
इनके तेवर भी खूब तीखे होते हैं।

इनके झूंड में भी कितना,
अनुशासन बना होता है।
इन चींटियों की भींड़ मे तो,
एक रानी चींटी भी होती हैं।

जो आगे-आगे अपने पथ पर चल,
सबको एक सूत्र में लिए चलती है।

अपने बच्चे को जनने तक माँ इनकी,
भूखी-प्यासी रह मातृत्व फर्ज निभाती है।
जन्म के बाद इनमें सैनिक चींटी बच्चा,
अपनी माँ की रक्षा में तत्पर रहते हैं।

एक भी दाना अगर मिल जाए तो,
अपनी माँ के पास ही लेकर आते हैं।
माँ की भूख मिटाने को नवजात भी,
अथक परिश्रम करने में लग जाते हैं।

ये चींटीयाँ आजीवन संघर्ष में खुद से,
कई गुना बढ़ाकर बोझ उठाती हैं।
इन चींटियों में तो नर कम होकर,
बस मादाएँ ही श्रेष्ठ कहलाती हैं।

हम इंसानो से कितनी छोटी होकर भी,
कितनी सच्ची सीख दे जाती है।
जिंदगी का होता ना कोई भरोसा इनका,
फिर भी संग मिलकर रहना सीखा जाती हैं।

कनेर के फूल

इन फूलों के संग बचपन में,
हम कुछ ऐसे खेला करते थे;
अपने हाथों की ऊँगलियां,
सखियों संग पिरोते थे।

कभी लगाकर बालों में अपने,
भँवरों को चिढ़ाया करते थे;
फूलों पर मंडराती तितलियों के,
संग मिलकर खिलखिलाते थे।

गुड्डे-गुड़ियों की शादी में भी,
फूलों से गहने बनाते थे;
पीले-पीले इन फूलों से,
हम मालाएँ बनाते थे।

हवा के तेज झोंकों से जब,
पल भर में पुष्प झड़ जाते थे;
डालियों से होते ही जूदा,
पलभर में ही मुरझा जाते थे।

इन फूलों के संग बचपन में,
हम कुछ यूं खेला करते थे;
अपने हाथों की ऊँगलियां,
सखियों संग पिरोते थे।

उफ्फ़! ये सावन

ये सावन भी न
आने को आतुर है!

मना करूँ भी तो कैसे?
ये तो हर्षित हो
अपने दिन गिन रही
ये क्या जाने मेरा दर्द,
मेरी अंतस-पीड़ा!
क्यों मैं रोक रही
आने से इसको..।
भले इसे अचरज हो,
हो भी क्यों न भला!
जिस सावन का इंतज़ार
सावन के बीतते ही
कर देती थी मैं शुरु!
अगले सावन के आने का
माँ के होने पर!

वही सावन आँखो में समा
जाता है बरस अब
माँ के ना होने पर....

वो सिंदूर, बिंदी,
हरी चूड़ियों का
भंडार ही ले आती थी माँ तब...

चुटकी भर सिंदूर से मन
पुलकित हो उठता था
मंहगे वस्त्राभुषण
लेते मैं औरों से जाने क्यों
हिचक जाती हूँ अब.....
क्योंकि आज भी माँ के लाए
चुड़ियों से भरे बैग, अटैचियाँ
मुझे माँ के पास होने का
हरपल एहसास दिलाते रहते हैं...

आओ सावन इंतज़ार है तेरा
माँ के दिए सौगातों को
आज भी देख मुस्करा लूँगी
और तेरी बारिश में
उन अश्कों को बहा लूँगी...।

www.ingramcontent.com/pod-product-compliance
Ingram Content Group UK Ltd.
Pitfield, Milton Keynes, MK11 3LW, UK
UKHW021312160826
14477UKWH00023B/386

9 788194 347187